牧野修

書店柴柴的異色推理

主人與柴犬靈魂互換事件簿

輕文學 Light Literature

卷一

走在路上的狗撞到棒子

註1：原文標題為「歩いた犬が棒に当たる件」，改編自日本俗諺「犬も歩けば棒に当たる」，意思是打算做些什麼的人遇到出乎意料的災難或幸運。

1

笨蛋，笨蛋，淨是群笨蛋。

伏部萩兔一臉厭煩地走在擁擠的人潮中。

他與大學同學們約在金澤站碰面，結果有一個人遲到了。雖然只是遲到大約五分鐘，但萩兔覺得難以置信。他對同學說教，主張無法遵守約定的人不適合這個社會，儘管如此還是無法消氣，就這樣打道回府了。他很後悔自己在久違的晴天，抱著散步的心情搭公車前來這裡。看到拄著楞杖的老人像是要堵住前方般慢吞吞地走著，萩兔忍不住啐了一聲。他邊低喃：「明知道自己動作遲緩，為何還走在道路正中央？」邊搭上公車，發現有個嬰兒正嚎啕大哭。他瞪著嬰兒的母親，丟下一句「妳這是疏於照顧」，下了公車後，看到在老牌的日式甜點店前排隊的觀光客，又嘲笑他們像是等待配給的俄羅斯貧民。

伏部萩兔沒有朋友。不過問題不在他沒有朋友，而是他本人不認為沒朋友這件事有問題。他喜歡的人類只有他本身而已。

這也是無可奈何的吧，他天生有張俊俏的臉，而且成績優秀。在高中是田徑社，曾參加國民體育大會，創下四百公尺跨欄的日本紀錄；很輕易進入著名的國立大學就讀後，在關於網路理論的考察上獲得教授的高評價。另外，他是世界聞名的「伏部設計工房」的社長伏部壽久的兒子，家世無可挑剔。前陣子才剛迎接成年禮的人，已經獲得這般成就，就算叫他別得意忘形也是白費功夫。

最先發現萩兔的是隻狗。牠凝視著萩兔，看似開心地吠叫。那是一隻柴犬。雖是成犬但還很年輕。毛色像是烤成金黃色土司的柴犬，尾巴彷彿螺旋槳似地搖動，飛奔到萩兔身旁。

「等等我嘛，小秋。」

一名女性邊這麼呼喚邊從柴犬後方追上來。她走近並注意到萩兔後，開口說：

「萩兔，你在做什麼？」

女性停下腳步說道，雙手環抱在胸前。萩兔瞥了她一眼，像在咒罵似地開口：

「我才想問妳在做什麼。」

「對前輩說話別這麼不客氣。」

「妳就是妳。我一直以來都是這麼稱呼，從今以後也會這麼稱呼。」（註2）

「你真是一點都不可愛呢。」

「可愛是弱者的武器，我才沒有墮落到需要那種東西。」

柴犬在這麼說的萩兔腳邊，表現出非常雀躍興奮的模樣，讓人不禁想在旁幫忙解說「這就是所謂的興奮」。牠大鬧著在周圍飛奔，吠叫撒嬌，依偎著萩兔，張口輕咬，毫無意義地跳離萩兔身旁又撲上來。在這段期間內，柴犬的尾巴一直彷彿別的生物般搖個不停。

萩兔一臉厭惡地看著柴犬的行動。他這人很討厭狗。他用腳背將狗推到一旁，邁出步伐，狗和女性從後追上。

女性與萩兔並肩行走。她的身高和高挑的萩兔並沒有相差多少。女性名叫姬川晴子，是萩兔的青梅竹馬。雖然現在很難想像，但小時候萩兔總是「姊姊、姊姊」地叫，對晴子撒嬌。她是為數不多，能勸誡萩兔的人之一。

「你今天不是要跟大學同學吃飯嗎？」

「因為他們拜託，我才告訴他們地點而已。跟笨蛋說話，三十分鐘就是我的極限了。」

「你跟我不是挺能聊的嗎？」

「因為妳有自覺到自己是笨蛋這件事。」

「伏部萩兔。」

「為什麼要連名帶姓地叫我？」

「那你跟不是笨蛋的人講過話嗎？」

萩兔稍微思考一下後，開口回答：

「沒有。」

「對吧。因為在你眼中，每個人看起來都像笨蛋，你當然也認為我是笨蛋。」

萩兔點點頭。

「儘管如此，你還是會跟我聊三十分鐘以上，為什麼？」

「因為妳會擺出這種態度。」

「這種態度？」

「就是妳很纏人啊。在我開口前，妳會一直對我扯些有的沒的吧。如果無視妳，更是麻煩好幾倍。」

狗固執地纏在萩兔腳邊，晴子則挽起萩兔的手臂。

「啊啊，真煩人。」

萩兔試圖甩開一人一狗，但他的手臂像是中了關節技一樣拉不開，柴犬也緊黏在腳

◉註2：這邊的「妳」原文是「おまえ（OMAE）」，算是較不客氣的講法。

邊不放。

「這是做什麼？妳想怎麼樣？」

「帶小秋兔散步是你的工作吧。」

萩兔啐了一聲。

「是老爸拜託妳的嗎？」

「他沒有拜託我，我是自願幫忙。因為叔叔在找你。你跟叔叔約好要帶狗去散步對吧？叔叔說他公司要開新商品企畫會議，沒辦法帶狗散步。來，給你。」

晴子試圖將牽繩交給萩兔。

「這是妳接下的工作，妳應該負責到最後吧。」

「那麼，我就跟小秋一起一直緊黏著你不放。」

萩兔不情不願地拿起牽繩。

「怎樣都行，但替狗取個跟兒子一樣名字的品味，我絕對無法接受。」

「叔叔說過這是他的父母心。他覺得如果名字一樣，你應該會愛屋及烏吧。來，請帶牠去散步吧，主人。」

秋兔彷彿想說「沒錯沒錯」般汪汪吠叫著。至於萩兔大概是想快點結束這件事，什麼也沒說，打算邁出步伐。

「等一下，這給你。」

晴子把折疊傘交給萩兔。

「聽說之後會下雨。我包包裡還有給自己用的傘。」

這城鎮雨天多，被說是「就算忘記帶便當，也別忘記帶傘」。天氣預報說從下午開始天氣會變糟，但是……

「不需要。」

萩兔冷淡地拒絕，拉起牽繩。秋兔興奮地跳起，彷彿能聽見牠在歡呼，只見牠在萩兔周圍不停轉圈，簡直像跟隨在行星旁邊的衛星。

萩兔牽著興奮的秋兔，走向平常的散步路線。他打算趕緊結束遛狗行程。走到犀川盡頭後，他走向上游，還走不到十分鐘就聽見遠方傳來雷聲。

雖說是秋天，但這陣子一直是冷颼颼的天氣。在日本北陸地區，冬天的雷被認為是宣告冬天正式來臨的信號，也被稱為「雪雷」。雪雷會伴隨著雪或冰雹。

萩兔一直相信自己不會在外出時淋到雨。沒有任何根據，或許是他在內心某處認為，就連上天也會屈服於己。不過，看來上天似乎不打算聽他的命令。

閃光照亮遠方的天空，然後稍微隔了一會兒，可以微微聽見詭異的雷鳴。是遠方的雷聲。

據說遠方的雷聲從二十公里前方開始能聽見，然後雷雲的直徑大多是十公里到十五公里。換言之，如果聽見遠方的雷聲，表示雨雲一角已經逼近到頭上。彷彿在實際證明這點，太陽突然被烏雲遮住，天空被塗抹成一片鐵灰色。

雷鳴伴隨著大地的震動聲，與閃光同時轟隆作響。

隔一會兒，天空彷彿裂開一般，降下大顆雨珠，雨聲壓制了所有聲響。已經不是遛狗的時候了，就連萩兔也不禁找起躲雨的地方。

這個城鎮有許多寺廟神社，萩兔立刻在附近找到一間寺廟，到大門的屋簷下躲雨。

旁邊有棵彷彿要蓋住土牆般的巨大松樹。

雷喜歡高大的東西。

瞬間，白光籠罩一切。

巨大松樹伴隨著轟隆巨響折斷，土牆被擊碎，萩兔連同狗一起被掀飛。

萩兔連這就是落雷一事也不知道，就此昏迷過去。

*

秋兔醒了過來。

秋兔本想立刻爬起身，卻無法順利活動身體，簡直就像身體不是自己的；緩緩爬起身後，得知自己被人移到床上躺著。手腳和其他各個地方都被繃帶裹住，並覆蓋著紗布和膠帶，還有透明管子從手臂延伸到裝著藥水的袋子上。

秋兔嗅了嗅周圍的氣味——是醫院的氣味。秋兔想起有一次被帶到動物醫院的事，心情沮喪起來。

——我生病了嗎？會被做什麼很痛的事情嗎？會遇到很可怕的狀況嗎？

秋兔感到不安，發出「嗚嗚……」的可憐兮兮聲音

秋兔從床上探出身體窺探地板，頓時和與自己長得一模一樣的柴犬四目相交，不禁嚇了一跳。最令秋兔震驚的是，明明有同類在，但截至目前都沒有察覺到氣味，甚至現在也無法感受到同類的氣味。雖然確實有聞到微弱的小狗氣味，但跟秋兔以前聞過的氣味相比，實在是薄弱太多了。到目前為止，世界的輪廓明明是以氣味構成的，現在氣味卻彷彿被籠罩在霧裡一樣模糊不清、無法辨認。取而代之的是雙眼看得很清楚，無論遠近，或是鮮明的色彩，鮮明到秋兔都覺得眼睛有些刺痛。

「咦？你是……」

秋兔這麼說道，然後大吃一驚。

因為自己說出人類的話語。

『你閉嘴乖乖聽我說。』

柴犬叫了，是秋兔熟悉的狗語。

「這表示，那個……」

『沒錯。我是伏部萩兔，是你的主人。』

眼前的柴犬這麼說。

「主人！主人！我的主人！」

秋兔很開心似地連連呼喊，搖擺著根本不存在的尾巴。

『我知道了，你別這麼興奮。』

「別太興奮！別太興奮！」

『你先閉上嘴。』

秋兔笑咪咪地閉上嘴。

『你聽得懂我的話啊。』

秋兔點了好幾次頭。

『你是秋兔，是狗。』

「對啊，我是狗。」

『你不用一一回答。沒什麼時間，我簡短說明一下。我們在寺廟門口被雷打到了。

我也不曉得是怎麼回事，總之，那時我跟你的內在交換了。我不知道你能理解到什麼程度，說是靈魂互換的話，你懂嗎？』

我懂我懂——秋兔點了點頭。

『你看看自己的手，是人類的手。那副身體是我的東西，也就是伏部萩兔的身體。我一定會讓一切恢復原狀，所以這段期間內你要謹慎使用那副身體，並且模仿我以前的行動，避免這件事穿幫。明白吧？』

「是的！」

秋兔大聲回答，臉上洋溢著滿面笑容。

這時，有一陣「噠噠噠」的吵鬧腳步聲接近。

是想要躲起來嗎？只見秋兔在床上躺下，拉起棉被蓋住鼻頭。

「看吧，果然在這裡。」

這麼說著並走進病房裡的人是姬川晴子，接著有個臉色憔悴的中年男性走進來。是萩兔的父親，伏部壽久。

「這樣不行喔，小秋。」

晴子摸了摸萩兔的頭，萩兔一臉厭煩地閃避晴子的手。

「果然是擔心主人呢。我知道你很掛心主人，但這裡是醫院……」

晴子與秋兔四目相交，秋兔看似愉快地點頭表示同意。

這時晴子才總算發現床上的男人已經清醒了。

「萩兔！」

晴子不禁大叫出聲。

「我現在去叫醫生過來。」

晴子對壽久留下這句話後，飛奔離開病房。

「太好了，真是太好了，你差點就沒命囉。」

壽久擦拭眼淚說道。

秋兔用彷彿蚊子叫一般微弱的聲音說了「對不起」。那樣的態度與台詞，讓壽久感到疑惑。

「你認得我嗎？」

走近床邊的壽久，看似擔心地這麼問。

「壽久先生。」

看到秋兔溫和地笑著回答，壽久繼續提出問題：

「你知道剛才那名女性是誰嗎？」

「晴子小姐。」

聽到回答，壽久的眉頭皺得更緊。有哪裡不對勁，眼前這個人雖然跟萩兔長得一模一樣，但在根本上有哪裡不同。不僅說話方式不同，會叫父親「壽久先生」，還對晴子加上「小姐」這般敬稱也很奇怪。但更不可思議的是，他身為人類最根本的地方，看起來截然不同。

壽久目不轉睛地凝視秋兔的臉。自信滿滿，彷彿認為所有人跪在自己腳邊是理所當然一般的傲慢態度，像是整個被洗掉似地消失無蹤。

「你不要緊吧，萩兔？」

一臉不安地這麼說的壽久本身，看來並非不要緊的樣子。

「我不要緊喔，謝謝關心。」

這回答讓壽久的眉頭愈皺愈緊。打從幼稚園之後，萩兔就不曾向人道謝過了。

這時，醫生跟著晴子進入病房。

「小秋，我們到外面去吧。」

晴子低頭向醫生道歉，拉起萩兔的牽繩。

『好好幹啊。』

萩兔將頭扭向背後說完，被晴子牽著離開病房。

醫生邊提出簡單的問題，邊將聽診器貼到秋兔身體上。然後，他面露微笑地對壽久

說：

「這位爸爸，您的兒子已經不要緊了。雖然復健還需要一點時間，但之後只會愈來愈好，再過幾個星期就能出院。」

「看吧。」

秋兔這麼說道，對壽久露出笑容。這又是萩兔不可能露出的滿面笑容。

「小秋真的很擔心主人呢，從發生意外後，就一直不肯離開主人身邊。」

晴子邊說邊走進病房，並對壽久說「太好了呢」。

壽久露出複雜的表情回了聲「謝謝」，然後對秋兔說「你慢慢休息」，與醫生小聲談論著什麼一起離開病房。晴子拿了張靠在牆上的折疊椅過來，在床邊坐下。

「叔叔不太說話，所以你可能不曉得，但叔叔真的一直很擔心你喔。我從沒看過那麼驚慌失措的叔叔呢。你應該更孝順一點。還有等痊癒後，記得跟小秋道謝。因為是小秋來呼救的喔，牠是你的救命恩人呢。」

「這樣啊，是救命恩人嗎？」

秋兔看來很開心地這麼說，晴子目不轉睛地凝視他的臉。

「你真的……不要緊嗎？」

秋兔以爽朗的笑容連連點頭表示肯定。看到秋兔這模樣，晴子也露出疑惑的神色。

「你真的是萩兔嗎？」
「真的啊，我是秋兔。」
秋兔並沒有說謊。
「真的喔。」
秋兔又重複一次，看著晴子露出微笑。那笑容實在太過天真無邪，晴子也不禁回以微笑。
雖然晴子面帶笑容，但內心有些不安。
「太奇怪了。」
她不禁這麼低喃。
「哪裡奇怪了呢？」
「你那種說話方式也很怪，感覺好像排除了毒素一樣。」
「我服用了毒藥嗎？」
「不是那個意思……」
「既然毒素已經排除，那不是很好嗎？」
「嗯，是那樣沒錯，但那種狀況就是個問題……」
「為什麼？哪裡有問題？」

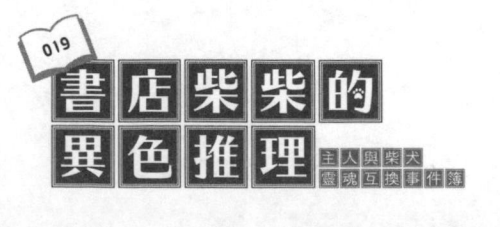

秋兔彷彿就學前的幼兒，連珠炮似地發問，晴子無可奈何地說明哪裡不對勁。但是，晴子試圖傳達的是連自己也不太清楚的感受，因此不得要領。結果，她必須從萩兔這個人是怎樣一個人這點說明起。

剛開始一臉認真聆聽的秋兔，立刻打起呵欠。雖是自己先提出問題，秋兔卻感到無聊了。秋兔發現了飛行的果蠅，便一直用視線追逐，最後甚至伸手想抓住果蠅，結果挨了晴子的罵。

「你認真點聽我說。」

晴子稍微提高音量，於是秋兔彷彿彈簧機關一般挺直了背脊，露出認真的表情。不過就算露出認真的表情，那也並非以前的萩兔會有的表情。

秋兔像是絕不會漏聽一字一句般側耳傾聽，但是聽不懂時，又立刻玩樂起來。晴子臉色一沉就讓秋兔露出不安的表情，但晴子一笑秋兔便回以笑容，這樣看來就像個小孩子。

一想到這是那個傲慢的萩兔，他愈是說話就愈讓人感到不安。無論怎麼想，都覺得是落雷的影響還殘留著。一詢問他落雷時的事，他便從出外散步時開始，按順序拚命地熱情說明，像是遇見了誰，或是在哪邊的轉角有貓。看到秋兔一臉開心地說著無關緊要的事，晴子不知不覺流下眼淚。

秋兔見狀，用比晴子更加不安的表情注視著她。

「妳沒事吧？晴子小姐。」

「花粉花粉，這是花粉症。」

「花粉症。那個、那個，不要緊嗎？」

秋兔伸出手。

他的動作實在太過自然，就在晴子心想「咦？」的時候，他已用食指擦拭晴子的淚水。

那一瞬間，晴子明白他正在對自己做什麼，連忙逃離秋兔身邊。

「妳討厭這樣嗎？」

秋兔一臉不安地詢問。

「我不是討厭啦。」

晴子這麼說道，感覺如坐針氈而遠離了病床。

「我去一下廁所喔。」

她這麼說並離開病房後，看到主治醫師與壽久還在走廊上一臉嚴肅地談論。

高壓電對腦部的影響十分強烈，人格變化和記憶障礙是常見的狀況。為了查明原因，徹底進行了大腦的精密檢查，但在器官結構上未能發現任何異常。醫師表示無論如

何，都要花一年以上的時間才能完全康復。

當然落雷的影響不光是這樣而已，還有全身燒傷與肌肉裂傷。倘若發現得太慢，肯定已經沒命了。不，就算沒死，也有很多人必須切除手或腳。能倖存下來，甚至不用切除手腳，也可說是奇蹟吧。儘管如此，還是需要兩個多月才能出院。

出院回到家裡後，則是專心致力於復健。雖然有人說觸電造成的傷容易痊癒，但從之前的狀態來看，才兩個月多一點就能恢復到這種程度，連醫生也大吃一驚。萩兔對這種狀況的說明是「因為身體裡裝著狗的靈魂」，他說是動物的精神將野性之力寄宿到肉體上。

最後剩下的問題是以記憶障礙為首的後遺症。曾經被稱為天才的男人，如今別說是網路理論，連九九乘法也背不熟。壽久請了家庭教師，讓秋兔從小學低年級的知識開始重新學習。雖然秋兔缺乏集中力，但個性認真且記憶力強，求知欲也十分旺盛，因此知識量漸漸增加。

在這段期間，萩兔一直陪伴在秋兔身旁。因此，拯救了主人的名犬評價更是水漲船高，被認為是關心主人的忠犬。

用完早餐後立刻帶萩兔外出散步，是秋兔的每日功課。萩兔會在散步時，將自身的個人情報告訴秋兔。秋兔的背包裡裝著智慧型手機，萩兔會利用保存在手機裡的照片，

說明秋兔周圍的人際關係。

不過，秋兔在早晨的公園裡手拿智慧型手機，邊被狗吠邊精神飽滿地回應「是、是！」的模樣，是相當奇妙的光景。以晴子為首的朋友和認識的人都曾目擊過好幾次，也有人憐憫地忍住眼淚，雖然秋兔他們絲毫沒有放在心上。

在家庭教師與萩兔、晴子的指導下，秋兔花了半年時間，大致能普通地過日常生活了。接著嚴冬降臨，之後迎向新的一年，春天來訪。

這段期間，秋兔接觸的對象大概只有狗、壽久、晴子與家庭教師。雖然無法說是已恢復原狀，但壽久判斷他已經可以出現在人前，於是讓他外出打工。壽久想利用這個機會，讓兒子透過在某人底下工作一事，學習人際關係的基礎。

這並不是第一次。為了讓萩兔在替別人服務的體驗中改善傲慢的性格，打從他高中畢業起，壽久就好幾次讓他出外工作。但不論去哪裡，萩兔都會在幾天內惹出麻煩，最後不得不辭職。到了最後，壽久原本打算找從以前就全家都有深厚交情的姬川書店店主姬川文吾商量，但在得到那個機會前，壽久先感到氣餒了。

這次壽久打從一開始就找姬川書店商量好，決定讓秋兔在書店工作。現在的秋兔不同以往，至少不會惹對方生氣吧。更何況現在掌管姬川書店的是文吾的女兒晴子，晴子是唯一一個連昔日的萩兔都不得不妥協的對象。最重要的是，壽久也希望兒子能透過與

昔日的青梅竹馬一起工作，找回以前的記憶。

秋兔的新生活就這樣揭開了序幕。

2

秋兔十分早起。

他清晨便立刻起床，看來真的很開心似地吃完早餐後，與磨磨蹭蹭的萩兔一起飛奔到外頭。狗並沒有繫上牽繩，因為萩兔說他絕對不想繫繩子。即使沒有繫上牽繩也能在外行走，是因為秋兔以忠犬、名犬的身分廣為人知。秋兔拯救了萩兔一事，在地方報紙上刊登了相當大的版面，地方電視台的新聞也有特別報導。秋兔可是鎮上的當紅名犬。萩兔幾乎每天都單獨在街上遊蕩，之所以沒有被通報，或是遭到逮捕、接受安樂死，都多虧了秋兔是隻有名的狗。

從萩兔的老家到姬川書店，倘若開車不用十五分鐘，但秋兔會與萩兔一同步行前往。一路上遇見人，秋兔幾乎都會出聲向對方道早安。剛開始時，大家都很驚訝那個伏部萩兔居然會打招呼，但很快也習慣了。如今大家都會面帶笑容地回應，這又令秋兔開

心不已。

『你還真受歡迎啊。』

「嗯，對呀。」

『這樣八面玲瓏地討好大家，快樂嗎？』

「很快樂。」

看來真的很快樂。

『你沒有身為人的尊嚴，或許會覺得很開心，但人類會把那樣試圖受眾人喜愛的行為稱為「諂媚」，當成笑話看待。』

「咦，為什麼？大家看來也很開心啊。」

『大家是覺得有笨蛋在路上跑才笑的。』

「是這樣嗎？」

『沒錯。』

「看起來不像那麼回事啊？」

『真相都在看不見的地方。』

秋兔低喃著：「是那樣子嗎？」不知是否接受了萩兔的說法，專心往前走。

他立刻對路過的老婆婆揮手，向上學中的孩子們露出微笑，出聲道早安。然後他不

時瞄著萩兔，似乎是感到在意。

「總覺得這麼做比較快樂呢。」

明明沒人問，他卻找起藉口。

『你被人瞧不起，就等於我被瞧不起啊。』

「對不起。」

秋兔垂頭喪氣，雙腳也快要停下來了。然而他立刻看向路人、仰望天空、出聲朗讀招牌上的文字，在他這麼做的時候，步調又恢復正常，並再次開口向大家道早安。

雖然走得快，但一碰到感興趣的事物，秋兔就會停下腳步，有時甚至會倒退。因此，結果還是很花時間。倘若筆直前進，走個三十幾分就能抵達姬川書店，但秋兔花了將近一小時才總算到達。儘管如此，他還是不會遲到，因為秋兔很早就出發了。

「那麼，晚點見囉。」

秋兔停下腳步這麼說。

『你別做些會讓別人小看的事情啊。』

萩兔留下這句話後，飛奔而去。他是要一個人回家。

「路上小心喔。」

秋兔對奔跑的萩兔揮了揮手後，站到店門口。

「早安！」

現在就連幼稚園生，也不會這麼朝氣蓬勃地打招呼。

「啊，喔。」

晴子邊搭起遮陽篷邊回應。她還不太習慣嶄新的秋兔。以前提到萩兔可能會來打工的話題時，晴子一直嚴陣以待，打算徹底鍛鍊他一番。當時的心情還沒消散。

「萩兔小弟，你今天也很有精神啊。」

一個嬌小的老人從店裡向秋兔搭話。他是姬川書店的店主，也就是晴子的父親，姬川文吾。

「早安。」

「幫我把用具搬到外面。」

「好的。」

萩兔大聲回應，將擺放週刊雜誌的架子推到店門口。

書店的早晨十分忙碌。在這樣忙東忙西時，中盤商的貨送到了，文吾在交貨單上簽名，秋兔與晴子分頭開箱驗貨。兩人將貨物分類成新書、月刊雜誌和週刊雜誌後，將書擺放到各自的書架前。

女性雜誌的最新一期今天一起進貨了，秋兔首先將附錄贈品夾進附贈品的雜誌裡。

這項工作結束後，他把上個月的雜誌從架上拿出來，換上新的一期。

訂書的晴子負責決定要將新書放到哪個書架。

這段期間，文吾會在店裡將客人訂購的書籍分出來，並夾入收據。這是文吾的工作，不會交給其他人。在城鎮的小書店中，跟中盤商訂購的書籍，是以客人直接下訂的訂單為主。即使是看著訂貨簿處理這項工作，倘若沒有掌握客人的情報，便會引發誤送等問題。縱然只是聽到名字能否浮現對方長相的差異，也會形成相當大的差距。

這項工作結束後，文吾將貨物堆到輕型機車上。

「那麼，我去送一下貨。」

文吾熟練地戴上安全帽。他早已經年過花甲，即使晴子說這樣很危險，要代替他送貨，文吾也不肯聽。送貨也是兼跑業務，是連接起書店與客人的重要工作——文吾這麼說，跨上輕型機車。他確實還很有精神，絲毫沒有要退休的模樣，因此晴子無法再多說什麼。

姬川書店是賣場面積大約十坪左右的小型書店。五層樓的建築物是自有屋，一樓是店舖，二樓與三樓出租給辦公室，頂樓則是住家。雖然是二十年前蓋的房子，但還有債款沒還清。在鎮上的書店逐漸倒閉的不景氣中，周遭人提出了各式各樣以書店歇業為前提的提議，例如整棟樓全部出租或是把房子連同土地一起出售。但是，文吾從來不曾點

頭。

在秋兔開始打包要退回出版社的書時，一個微胖的中年男性來到書店，選起了雜誌。男性沙沙沙地翻著內頁，像是在閱讀雜誌，但沒有認真在看。他頻頻留意出入口附近的動靜，感覺相當可疑，秋兔一開始也誤以為這名男性是小偷。

「早安。」

這麼說道並走進書店的是另一名工讀生，也是秋兔的前輩鯉淵七子。她是個黑髮的樸素女性，看起來跟秋兔同年，但不曉得她的實際年齡。

「啊，七子妹妹。」

剛才的中年男子這麼說道，同時走近過來。

「月刊《數位相機生活》進貨了嗎？」

他以比跟人借錢時更卑微的態度詢問七子。

「抱歉，《數位相機生活》是明天進貨。」

見七子一臉過意不去地道歉，男人露出軟弱的笑容說：

「不會不會，明明都是固定日期上架，是搞錯發售日的我不好啦，抱歉抱歉。」

晴子插入兩人之間。

「七子妹妹，妳先去換衣服吧，畢竟妳還拿著東西。」

「咦～」

男人發出抗議的聲音。

「咦什麼咦呀？你昨天也來說了一樣的話，而且前天也來了吧。我們每次都會告知發售日，但你每個月都會重複這樣的行為。我們每次都是做出同樣的回答吧。」

「好像有說，又好像沒有。」

「說得很清楚！」

被晴子這麼怒吼，男人不禁直立不動。

「咦，你又挨晴子妹妹罵啦？」

一邊這麼說一邊進入店裡的是個蓄著鬍子的中年男性。

「話說，七子妹妹還沒來嗎？」

「她來了，正在裡面換衣服。」

晴子這麼說道，於是鬍子男低喃：「我要不要去幫忙呢。」

晴子看向鬍子男，她的眼神像在看掉落在地毯上的陰毛。

「好可怕喔，晴子妹妹，我開玩笑的啦。」

「不能亂說話喔，那樣可是性騷擾呢。」

微胖的男人這麼說了。

「你則是小腹突出呢。晴子妹妹，七子妹妹還沒來嗎？」

新進來的中年眼鏡男傻笑著這麼問。

「真是夠了，都是群蠢蛋。」

晴子小聲地這麼低喃，然後用無論待在店內何處都能清楚聽見的聲音說道：

「這裡是書店，所以今天請各位務必買本書。不打算買書的話，就趕快離開。」

她「啪」一聲拍了一下微胖男人的大屁股。

個頭嬌小、留著一頭黑色長髮、看起來有些薄命的七子，受年長男性歡迎的程度教人大吃一驚。那一方面也是因為七子本人自稱她專挑垂暮——也就是喜歡年邁男性的關係吧。在書店的常客裡，有好幾個七子的粉絲，她可是姬川書店的招牌女店員，雖然沒有聚集很多對營業額有貢獻的客人。

秋兔拜託七子幫忙顧店，騎腳踏車去外送上午的貨。雖然萩兔有汽車駕照，但秋兔不會開車。秋兔大概會騎機車，但他不懂交通規則，萩兔覺得危險而不讓他騎。秋兔很快就學會騎腳踏車，因此他是騎大型腳踏車在送貨。

雖然只有被託付送零星幾件貨物，但這對秋兔而言也像在玩樂一樣。可以出外散步、跟各式各樣的人聊天，讓秋兔愉快得不得了。總是面帶笑容的秋兔，在老主顧那邊似乎也深受喜愛，送貨到顧客家裡時，對方經常會叫他喝杯茶或吃些點心再走。

秋兔今天也興高采烈地去過美容院和咖啡廳才回到書店。他一進店，便看見有個高大壯碩的男性站在櫃檯前。

看見那男人的瞬間，秋兔不禁讚嘆。

他心想，真是個漂亮的大人啊。

可以肯定這名男人比萩兔年長，年紀大約三十五歲。雖然這種形容並不適合這個年齡的男性，但男人相當美麗。他的美麗感覺有些超乎現實。

傳統的西裝應該十分昂貴，而且能清楚看出男人在鞋子和手錶上都耗費大筆金錢。他也具備適合那些裝扮的身材與風貌。不過，他的美麗在於跳脫那種世俗標準的部分。

「你在發什麼呆？」

站在男人身旁的晴子說。

「啊，我回來了。」

秋兔大聲告知晴子。

「我先介紹一下，這位是白雪克己先生，下次要請他在這裡演講。」

姬川書店每個月有一、兩次會在四樓的空房邀請作家等人前來舉辦活動。

「我叫伏部秋兔，請多指教。」

秋兔九十度鞠躬。

「他跟她一樣，」晴子指向七子。「是我們的工讀生。」

「請多指教。」

白雪看向秋兔，露出微笑並伸出手。

秋兔露出「咦？」的表情，晴子有些生氣似地說：「要握手啦。」

「『握手』是什麼來著啊？」秋兔說。

「這孩子真妙呢。就是像這樣——」

白雪拉起秋兔的手並握住。

「然後這樣子。」

他搖了搖連在一起的手。

「這就是握手。這是一種打招呼的方式，表示彼此信賴。」

「原來是這樣啊。」

秋兔握著白雪的手，用力點了點頭。

「這是這次出版的書。」

晴子遞出放在櫃檯旁的單行本。

封面是幾何插圖與「防災都市」這個標題，作者名字是白雪克己。

「我專攻防災與防盜喔。」

「他之前住在東京，不過最近搬到金澤來了。」

「因為新幹線通車後，要往返兩地已經不成問題，所以我下定決心搬過來了。我原本就是金澤出身。」

「他目前在東京理科大學講授以防災為中心的都市計畫課程，很厲害吧。」

「雖然不是很懂，但真是厲害呢。」

「居然不是很懂嗎？」

晴子小聲低喃。

「你有無論發生什麼事，都必須保護的事物嗎？」

白雪看著秋兔的眼睛說道。

「有，我有。」

秋兔腦海中浮現的是萩兔的身影。保護主人萩兔，那並非理論，而是一種衝動。

「無論發生什麼事情，都必須保護的事物——我的工作就是教導別人保護那種重要事物的方法。」

「哇，那真希望你能教教我。」

秋兔露出認真的表情這麼說。

「那麼，請你來聽聽我的演講吧。」

「當天他也會以工作人員的身分到場，但不曉得他有沒有空一起聽你演講呢。」

晴子瞪了瞪秋兔。

「所以說，你想知道內容的話，首先要購買這個。」

她在秋兔眼前用力擺動白雪的書。

「不可以強迫推銷啦。」

白雪露出苦笑。

「他是有錢人的兒子，這點小錢不算什麼。對吧？」

「不用妳說，我也會買的。」

『這傢伙還真可疑。』

腳邊傳來聲音。正確來說，應該說是叫聲吧。只見萩兔就在那裡。

「啊，小秋。你跑回來啦。你真的很喜歡主人呢。」

萩兔『啥？』了一聲。但除了秋兔之外的人，看起來只像是萩兔打了個大呵欠。

「什麼？怎麼了嗎？」

秋兔蹲下來詢問萩兔。

『小心那傢伙，他不是什麼正經的人。』

萩兔仰望白雪。

「我不那麼認為耶。」

秋兔也抬頭仰望，並這麼說道。

『笨蛋，不要在別人面前跟我說話。』

「啊，好。」

秋兔在嘴裡低喃著「對不起」，站起身來。

這次換晴子邊叫著「小秋、小秋」邊在萩兔身旁蹲下來。晴子想摸萩兔的頭，但萩兔扭動身體，逃離她的手。

「總覺得最近被小秋討厭了呢。為什麼？我做了什麼嗎？」

萩兔無視晴子的自言自語，對秋兔說：

『你在想我為什麼會來這裡對吧。』

秋兔連連點頭表示同意。他用力緊閉嘴脣，以免發出聲音。

「原來如此，我就在想這名字在哪聽過。」

白雪重新看向萩兔。

「你就是救了主人一命的忠犬嗎？難怪一臉聰明樣。」

『你別隨便亂說話。』

萩兔看著白雪發出低吼。

「真希望下次能聽聽你們的故事。」

「啊，好的。」

秋兔忸忸怩怩但又很開心似地這麼說。因為主人被稱讚，讓他有些害臊。

「那麼，改天見。下次請讓我用投影機稍微排演一下。」

白雪揮揮手離開店裡。晴子鞠躬目送他離開後說道：「真是個出色的人。」

「就是說啊。」

「他可是單身呢，單身喔。」

「這樣啊。」

「你這反應不對吧。明明有那張臉配上那身材，加上那樣的個性，又是有錢人，卻是單身漢喔。他是不是有交往對象呢？」

『一定有啊。』

嗯？秋兔看向萩兔。

『先別管那女人。喂，你去買台電腦來，盡可能挑個觸控式的大螢幕。』

「要電腦的話，家裡就有囉。」

『別說話！』

被吠了一下，秋兔連忙用雙手摀住嘴。

「你在說什麼呀？」

「不，沒什麼。」

『鍵盤很難用。如果是觸控式螢幕，螢幕有多大，操作範圍就有多廣。錢去提款機領，提款卡應該放在錢包裡。我只是來說這件事。』

萩兔說完要說的話，就拔腿跑回家。

「萩兔、萩兔。」

「咦？」

「你還好嗎？會不會頭痛？還是手會麻？或是講話不流暢之類的？會不會看到奇怪的東西？」

「不要緊的，我沒事。」

秋兔反覆說著自己沒事，同時將收到的錢與收據一起交給晴子，返回工作崗位。

3

『你有沒有感覺到什麼？』

萩兔看著電腦螢幕這麼說。秋兔從旁邊探頭看著萩兔用電腦，但就算探頭看，秋兔也看不出什麼所以然。

『我在問你，有沒有感覺到什麼？』

萩兔眼睛盯著螢幕這麼說，秋兔用力搖了搖頭。

「不管看多久，我也看不懂。」

『沒人在問你電腦的事情，我問的是最近鎮上的情況。我在問你，最近鎮上有沒有什麼變化？』

「這個嘛……感覺觀光客變多了吧。」

萩兔從鼻子哼了一聲，八成是對秋兔嗤之以鼻。

『因為新幹線通車了嘛。不過，我不是在說那種事。你沒有感受到更加危險的氣氛嗎？』

秋兔歪了歪頭，露出疑惑的表情。

今天是星期天，不用打工。從中午過後，秋兔與萩兔就一直關在房間裡。秋兔那天在打工回家的路上，到家電量販店買回來的筆記型電腦正放在地板上，萩兔靈活地操作著電腦。

『你原本明明是隻狗卻這麼遲鈍啊。附近的狗都有感覺到，連小狗也不例外。』

「咦，你會跟大家聊天嗎？」

『我沒想到那些狗居然這麼清楚鎮上的情報。如果是抽象的話題，要化為言語相當困難，但如果是具體的事，牠們就能好好說明，而且非常擅長傳達氣息，比變成人類的你要聰明多了。』

「對不起。那麼，你一直在跟大家收集情報嗎？」

『首先要根據社會中心網絡來建構狗社會的整體網絡……』

看到秋兔微妙地移開視線，萩兔繼續說道：

『算了。總之，就是我要先理解狗的社會。你們這些狗已經構築起相當穩固的網絡，我腦海裡已經浮現出大概的圖像，但要彙整起來，還是用電腦比較方便。所以我才會要你幫忙買這個來……你的表情在說理解了狗的社會，又能派上什麼用場吧？』

秋兔點頭表示同意。

『我原本認為，這或許可以成為提示，讓我思考出如何回到原本身體的方法。狗跟人類靈魂交換這種現象，我不覺得能好好地分析出來。但是那種現象已經發生了一次，很難說不會發生第二次。或許很難掌握確切的因果關係，畢竟我不是醫生也不是物理學者，不過，倘若能看出關聯性，說不定能從中推敲出恢復原狀的方法。即使沒有科學根據，總之我打算把能做的事情都嘗試看看。分析狀況就是為了這點。』

「鎮上的氣氛跟這有什麼關係呢？」

『雖然不曉得有沒有關係，但無論哪隻狗都說著鎮上飄散危險的氣息。仔細一想，我也擁有狗的肉體，嗅覺跟人類不同。我的感覺也感受到了那種氣息。』

「那是怎麼回事？知道了什麼嗎？」

秋兔雙眼閃閃發亮地問道，表情像是想聽故事後續的小孩子。

萩兔很乾脆地回答他的問題。

『是火災。』

「火災？」

『房子一燒起來會產生各種瓦斯，例如一氧化碳、二氧化碳，還有戴奧辛。燒焦碎裂的水泥粉塵和泡沫滅火劑的氣味散播到大氣中，隨著風擴散蔓延。狗的敏銳嗅覺能感受到在鎮上蔓延的那些微弱氣味，然後產生一種想法，就是感覺這氛圍有點討厭。你沒有這種感覺嗎？』

秋兔默默地搖了搖頭，萩兔嘆了口氣。

『或許是野生動物會在大規模災害前騷動的那種機制發揮了作用吧。』

「因為主人現在是狗，所以也能感受到那種徵兆？」

『這可難說。因為我身為狗的能力沒有那麼強大。就算嗅覺敏銳，大腦也沒有發展

到能運用自如的程度。我不曉得你以前做為一隻狗是如何，但這就像你以人類來說是個廢物是同樣的道理。』

「原來如此。」

秋兔深刻地理解了。

『說是這麼說，但就算是我，也的確感受到有哪裡不對勁。以人類來說，可能最接近所謂的「不祥預感」吧。』

「那種焦躁感是不是就像無法分辨躲在附近的是貓或是鼬鼠呢？」

『我完全不懂你的意思，但大概就是那樣吧。無論如何都有微妙的數值差異。火災變多了，我總覺得這是人為增加的。』

「那該不會是指縱火案變多了吧？」

萩兔露出意外的表情。

『你沒有我想像的笨嘛。』

秋兔害羞地嘿嘿笑了。

『我不是在稱讚你。算了，總之，這裡散發著強烈的犯罪氣息。』

秋兔呵呵笑了。

『有什麼好笑？』

「簡直就像狗一樣了嘛，主人已經能用氣味來判斷事物了。」

『這是比喻、打個比方，也就是我感受到彷彿有氣味一樣。我是為了讓笨蛋也能輕易理解才這麼說。』

「對不起。」

秋兔低頭道歉。

『別一直低頭哈腰，這樣笨蛋看起來更像笨蛋了。』

秋兔正要低頭說對不起，結果以奇異地把頭頂探向前方的姿勢停住動作。

他維持那樣的姿勢開口說：

「下次我可以一起去玩那種遊戲嗎？」

『什麼遊戲？』

「呃，該說是分析嗎？我也可以跟著去嗎？」

『不行。』

「咦！為什麼？」

『要是帶你去拜訪狗，大家都會跑掉吧。』

「但幾乎都是家犬吧。」

『沒錯。』

「那麼，跟飼主一起去，說不定比較好打聽消息喔。」
『原來如此，這麼說也有道理。』
萩兔注視著前方，一動也不動，看起來像在發呆，但在秋兔看來，他是在思考什麼，因為秋兔對此有印象。
『那麼，下次就拜託你吧。』
萩兔這麼說道，於是秋兔發出不成聲的喜悅之聲，在房裡四處奔跑。
「萩兔、萩兔。」
『是爸爸。』
敲門聲響起。
「你還好嗎？有朋友來了嗎？」
「啊，是我在自言自語。對不起，我太吵了。」
「那倒是沒關係啦，但你不要緊嗎？」
「嗯，我想要等一下出門散個步。」
「那樣很好，畢竟一直關在房間裡，很不健康嘛。」
「是的！」
秋兔像個乖寶寶一樣大聲回答後，對萩兔低喃：

「爸爸非常擔心主人喔。」

『雖然他至今都沒什麼理睬過我。』

「那是因為他很拚命地靠自己一手帶大你啊。」

萩兔從鼻子哼了一聲。

「晴子小姐也很擔心你，大家都深愛著主人喔。」

『那種事根本無關緊要。只能靠別人的支持來確信自己正確的傢伙，不過是個無能者。』

秋兔無法說他確實理解這番話的意思，不過他明白萩兔語氣粗暴地這麼說的心情。因為萩兔認為，自己必須是更堅強的人類才行。

他對別人也很嚴格，但對自己最嚴格，總是像這樣斥責自己，努力想當個最好的人。秋兔覺得那樣的萩兔非常帥氣。在人類當中，秋兔最尊敬的就是萩兔了。

秋兔與尊敬的萩兔一起離開家門時，已經過了下午三點。

「天氣還很好呢。」

天氣晴朗，風不冷也不會塵土飛揚，又與主人在一起，秋兔打從心底感到幸福。萩兔最近已經不太排斥外出散步，豈止如此，他看來甚至有些開心。萩兔說不定已經喜歡上散步了，對秋兔來說，這一切都讓他感到高興。

一人一狗在路上打聽了幾個情報，同時越過犀川。在秋兔盡情享受初夏的好天氣漫步時，有個陌生的面孔從對面走近。秋兔擅長記住人的長相，但不擅長記住名字。對方注意到他們，低頭致意，秋兔也低頭並面帶微笑，向對方說了聲午安。充滿精神又活潑俐落的招呼，會讓人顯得年幼。萩兔又啐了一聲，他最討厭被人小看了。

「這不是伏部小哥嗎？你在散步啊？」

「是啊，託您的福，我已經完全康復……」

『是蓮田古物商的老爹。』

萩兔告知秋兔。明明萩兔應該完全沒跟大人打交道過，卻對附近鄰居很熟悉。

「蓮田先生，最近還好嗎？感覺您臉色挺糟的喔。」

「是啊，看得出來嗎？」

「發生什麼事了？」

「是啊。如果是這隻名犬，說不定知道些什麼。」

他伸手想摸萩兔的頭，但被萩兔躲開了。

「怎麼了嗎？」

「就是我家那隻狗啊。」

「喔，您說藤五郎小弟。」

「你知道得還真清楚。」

「因為我們是朋友嘛。」

「咦？」

蓮田會感到驚訝，是因為他知道萩兔討厭狗。

『你別多嘴。』

萩兔忠告。

「那麼，藤五郎小弟怎麼了嗎？」

「牠下落不明。」

這次換秋兔驚訝地「咦」了一聲。

「對了對了，記得小哥你在姬川家打工是吧？」

「對啊。總覺得工作很開心呢。」

「那實在太好啦，伏部先生一定也很高興吧。」

他邊這麼說，邊從手提的大型公事包裡拿出一張傳單。

傳單上大大寫著「尋狗啟事」，中央刊登著大型秋田犬的照片。

「啊，是藤五郎小弟。牠還是一樣看來強悍且帥氣呢，這照片拍得真棒。」

「多謝稱讚。你看這邊也有寫到，牠是從四天前晚上開始沒回家的。」

那是個晴朗的夜晚，蓮田在整理從茶具愛好家的倉庫大量購入的茶具。難得連續放晴了好幾天，風強烈地吹著，寒冷且乾燥，火災發生的條件十分齊全。

不出所料，傳來了消防車的警笛聲，而且警笛聲就在附近停住。這邊的住宅區平常一到晚上，安靜得甚至能聽見路上行人的咳嗽聲，因此那陣警笛聲更顯得刺耳。藤五郎一聽見警笛聲，便用跟警笛一模一樣的聲音開始遠吠。正牌與冒牌的二重奏實在太吵，蓮田來到中庭，想要斥責藤五郎。

這時，附近的主婦從樹籬對面大聲喊道：

「蓮田先生、蓮田先生，好像是你家倉庫發生了火災喔。」

蓮田慌忙跑出家裡。除了庭院裡的倉庫，他還另外在附近租了個倉庫，那間倉庫前聚集了一堆人。蓮田喊著拜託讓讓、借過一下，來到最前排，那時火早已經撲滅了。

「喔，是那天啊。」

秋兔說。前幾天附近發生了小火災，但他不知道原來是蓮田的倉庫起火。

「那還真是場災難呢。」

「是糟糕透頂的一天啊。」

蓮田被消防員盤問一會兒，才想說終於結束了，又有警察來說有縱火的嫌疑。他被帶到警察局，過了半夜才回家，疲憊得就那樣睡著了。隔天早上則是碰巧有茶具寄放在

倉庫的客人到家裡怒吼，讓蓮田醒過來。

「他之前拿了一個說是要價五百萬圓的大樋燒來。說是這麼說，但不管怎麼看都是個不值幾文錢的半吊子作品。如果這個壞了，不曉得他會怎麼百般刁難。不過因為倉庫裡沒事，我就把他寄放的茶具還給他，低聲下氣地賠罪，才沒釀成大事。」

就在蓮田道歉賠罪時，假借關心火災的名義，實則來看熱鬧的傢伙接連湧現，其中甚至有人得知沒釀成大禍而咋舌。

蓮田之後又聯絡保險公司，與成堆的文件搏鬥，直到當天傍晚才發現藤五郎不見蹤影。從蓮田最後聽到牠的聲音，已經過了整整一天。

「這麼說來，我原本以為牠很快就不吠了，結果是早早就跑了啊。」

蓮田來到中庭窺探狗屋，裡面空空如也。藤五郎是逃跑慣犯，所以在庭院也會繫著牽繩。牽繩理應綁在狗屋旁的木樁上，但牽繩已從木樁鬆脫。

「藤五郎的逃跑技術跟逃脫魔術秀有得比呢。」

就連這種事，如果是自己的愛犬，蓮田也有些自豪的樣子。

蓮田到外面尋找藤五郎的身影，但沒有找到。牠大概是聽到警笛太興奮而逃跑了吧，牠以前也好幾次企圖逃脫。但無論是哪一次，都在隔天早上前回家，所以在那個時候蓮田還沒有那麼擔心。不過，縱然等到深夜，藤五郎也沒有回來。

蓮田認為藤五郎這下真的是失蹤了，當天就聯絡認識的印刷店印製了傳單。

「你剛才說牠看來很強悍，但藤五郎個頭雖大，卻意外地懦弱。牠要是孤伶伶地迷路了，一定會很不安。」

蓮田一臉難受地這麼說，無力地笑了。

「附近大概都貼了傳單，所以我想再走遠一點發放。方便的話，也想拜託姬川書店讓我把這些傳單放在店裡。」

「喔，我幫你轉交吧。」

還來不及客氣，秋兔就伸手拿走那疊傳單。

「哎呀，真可憐啊。」

在金澤的方言中，所謂的「真可憐」就類似「不好意思」。

「不會的，反正我原本就打算去露個面。」

秋兔這麼說完，忽然靠近蓮田緊抱住他。

「沒事的，我一定會找出藤五郎小弟。」

秋兔這麼說，同時嗅了嗅蓮田的氣味。混在裡面的藤五郎氣味非常微弱，果然憑人類的嗅覺是有極限的。秋兔有些失望，不經意地看向腳邊，只見萩兔靠近蓮田的腳邊，嗅著他的氣味。

秋兔用眼神詢問：「聞得出來嗎？」萩兔點了點頭，表示他知道了。

「沒事的，我們一定會找出藤五郎小弟。」

秋兔自信滿滿地這麼說完便離開了。

4

秋兔說的話並沒有錯，之後事件很快就解決了。

與蓮田道別後，秋兔他們拿著傳單來到姬川書店。七子一個人在顧店。

「大家在上面商量活動的事，說要看看投影機的情況。」

七子這麼說，拿起文庫本看了起來。因為包著書套，不曉得她在看什麼，但她很高興似地說那是文吾送她的書。她專挑垂暮這點並不是謊言，七子對年邁的男性通常都很親切。

就在秋兔要拿出幫蓮田保管的傳單時，白雪與晴子從上面的活動場地下來。白雪穿著恰好合身的英國製西裝，適合到讓人火大。從胸膛和肩寬也能看出他有一身結實的肌肉，但他並未誇耀那身肌肉，維持著端正的西裝身影。站在他旁邊的晴子難得穿著一身

高雅的連身裙，倘若維持那模樣，也能相信她得意地說自己曾在電視上被介紹是「美到驚為天人的書店員」這件事蹟。

感覺很棒呢。

秋兔看著兩人心想。秋兔喜歡大部分的人類，尤其特別喜歡看來很幸福的人。

「啊，萩兔小弟。」

白雪看到秋兔立刻打了招呼。

「你習慣這份工作了嗎？」

「是的，我很期待下次能聽到白雪先生的演講。」

「我得努力回應你的期待才行呢。」

白雪露出微笑。見到那充滿魅力的笑容，無論是誰都會對他敞開心房吧。

「那麼，我先告辭了。」

白雪行了禮後，轉身離開。

秋兔的視線停留在白雪的肩膀上。

「請等一下。」

秋兔這麼說，白雪轉過頭來。

秋兔沒有任何顧忌，直接說出疑惑的事。

「白雪先生有養狗嗎？」

「為什麼這麼問？」

「你看這個。」

秋兔從白雪肩上拿起那根毛。

「我們——不對，日本的狗最近會掉很多毛，因為這季節會從冬毛換成夏毛。」

秋兔將那根毛湊近自己鼻頭聞了聞，是藤五郎的氣味。雖然秋兔這麼認為，但畢竟是人類的鼻子，他無法確信，便將毛遞向萩兔的鼻頭。

萩兔吠叫了。

『就是這傢伙，肯定是這傢伙。』萩兔說。

秋兔遞出一張傳單。

「你對這隻狗有印象嗎？」

「喔，我知道，那隻狗正安置在我家。」

「咦？是怎麼一回事呢？」

「你知道前幾天發生了火災嗎？」

「嗯，牠就是在那天下落不明的。」

「牠那天迷路到了我家呢。大概是被警笛聲嚇到吧。牠非常激動，好像不曉得回家

的路。無可奈何之下，我只好將牠安置在家裡。我正打算這幾天在地方報紙上刊登廣告尋找飼主，原來你認識飼主啊。」

「嗯，他拿了這些傳單給我，希望我幫忙發送。」

「那麼，這下子所有問題都解決了呢。」

白雪看著傳單這麼說。

「他家距離我的辦公室也沒有很遠，我直接送過去就好。打上面這隻電話號碼聯絡主人就行了吧？」

「嗯，那好像是蓮田先生店裡的電話號碼。蓮田先生一定會很高興。」

「知道了，我立刻聯絡他吧。」

白雪當場拿出手機，說明狗正在他家的事。

「他非常高興喔。」

「真是可喜可賀呢。」

「無論什麼故事都該有個好結局，因為現實未必那麼美好。」

「那麼，藤五郎小弟就麻煩你了。」

「知道了，我會好好送牠回家，先告辭。」

白雪最後向晴子行了個禮，離開店裡。

「那麼，你今天是來做什麼的呢？」

「事情已經辦完了。喏，我原本是打算請你們讓我把這個放在店裡。」

秋兔讓晴子看那疊傳單。

「不過已經沒那個必要了。那麼，我先告辭。」

秋兔轉身邁出步伐後，萩兔立刻向他搭話。

『那傢伙果然不能信任。』

「那傢伙？」

『就是白雪。他很流暢地說明關於狗的事。如果不是在腦海中組織過內容，很難像那樣流利地說明。做了壞事的人會思考穿幫時的藉口，以便被質問時能對答如流。』

「是怎麼一回事呢？」

『我不曉得理由，但是那男人帶走了狗。是誘拐啊，誘拐。』

「就算主人這麼說，我想那也是不可能的啦。」

秋兔笑了起來。

『哼！』萩兔不屑地冷笑。『你自己愚昧是無所謂，但拜託少在周圍人面前暴露出這點，因為那等於是我會被當成傻瓜。』

「……」

『你聽不懂嗎？』

「……啊，原來如此。因為現在的我是主人，不，我其實是我，但不是那樣……」

『懂了嗎？』

「啊，是的。我知道了。然後，關於剛才那件事。」

『怎麼？』

「雖然，如果沒有一開始就想好藉口，便無法那麼流利地回答，可是啊，如果是主人，應該能夠清楚說明那種程度的事吧？」

『我能啊。』

「對吧。那麼，就算那個人辦得到，也沒什麼好不可思議。」

『很不可思議啊，因為沒有人比我更優秀。』

「這樣啊。這麼說的話，或許是那樣吧。」

秋兔認真地點頭。

卷二

養狗咬布袋

1

早已經過了通勤時間，但車站仍然相當擁擠，所以穿著西裝的那個男人沒有特別顯眼。無論從哪個角度看，都是個普通的上班族。髮際線後退相當多的額頭，因為汗水而閃閃發亮。

男人坐到車站內的長椅上，將大型公事包夾在兩腿間，像在拍頭似地拿手帕擦拭額頭的汗水。他邊擦汗邊看向四方，看起來也像在尋找什麼。說不定本人認為是不經意地探望四周，那行為在某種程度上或許是成功的，但一旦感到可疑，就覺得他顯然舉止詭異。

男人突然站起身。他發現了目標，是穿著求職套裝的ＯＬ。就這時節來看，說不定是新進社員。她幾乎沒什麼化妝，因此樸素的臉龐看起來更加不起眼。女人一直操作著單手拿的手機。

男人裝作不經意的模樣從她後方走近。女人在月台邊停下腳步，她的視線沒有離開過手機。

男人來到她的正後方，將公事包放在自己腳邊，然後，用腳尖將公事包推向前。

公事包的邊角正好插入女人站立的雙腳之間。雖然從遠方看不出來，但有個小型鏡頭面朝上地裝在公事包上。那是ＣＣＤ攝影機，就跟用在胃鏡上的東西是一樣的原理。

男人將手放入口袋裡，按下口袋裡的無線開關。這麼一來，就能從底下拍攝裙子裡的影像——照理說是這樣。

但在列車進站的前一刻，從男人的公事包裡冒出白煙，眾人的視線都聚集過來，男人將公事包拉近自己。煙霧更加激烈地冒出，男人拿著公事包企圖逃走。

在這之前，有一群高中男生一直在男人附近觀察。即使公事包沒有冒出白煙，他們似乎也一直在注意男人的動靜，所以很快便察覺到男人企圖逃跑。

高中生有五人，他們同時飛奔到男人身旁。

注意到高中生的男人更拚命地奔跑，但他終究是個中年男性，眨眼間就被高中生追上了。

前頭的高中生用衝撞的氣勢，用力撞向男人背後。

男人重心不穩，雙腳不聽使喚。

他像在滑壘般，滑落在月台地板上。

一名魁梧的高中生立刻跨坐在男人背上。

圍住男人四周的高中生們按住男人的手、男人的腳，順便連頭也按在地板上。

隨即有看熱鬧的人圍住他們四周。是色狼呢，色狼。不，是扒手。恐怖分子？圍觀的群眾交頭接耳，恣意揣測，其中還有人拿出手機拍照。

站務員與鐵路警察隊在高中生的帶領下，撥開人牆前來。

「是偷拍啊，偷拍。」

「我就覺得奇怪。」

「那個公事包上裝著攝影機呢。」

「是變態。」

眾人議論紛紛。

「不是的！不是這樣！」

男人吶喊，一旁的公事包依然白煙裊裊。

2

腳步聲靠近，然後逐漸遠離。遠方來往的車聲，聽起來宛如波濤聲微弱。

「還真安靜。」

晴子在收銀機後伸直了背，高舉手臂打了個呵欠。一直埋頭閱讀文庫本的七子抬起頭來，看向外面。

從傍晚開始就沒有客人上門，偏偏在這種時候也沒有要外送的貨或是任何活動。秋兔同樣茫然眺望著單行本的書架。

「你可以回家囉。」晴子說，「之後靠我跟爸爸兩個人就行。」

「只剩大約四十分鐘了，我可以待到最後嗎？啊，時薪不用計算到最後沒關係。」

秋兔一臉認真地這麼說。

「那麼，今天從下午開始就很閒，所以從午休後的六小時都不算薪水囉。」

「咦，那樣有點……」

秋兔又是一臉認真。

「我開玩笑的啦，你真傻。七子妹妹也不用特地等到關店喔。」

「既然萩兔小弟在，那我也要待到最後。」

「咦？」

晴子目不轉睛地看著七子詢問：

「是那麼回事？」

「不是啦。」七子從鼻子發出哼笑，「那是不可能的。」

「咦，妳講得這麼肯定，這傢伙不行嗎？」

「不行。」

「什麼意思啊？是什麼不行？」

秋兔輪流看著兩人的臉問道，看來他似乎真的不明白，但兩人沒有替秋兔解開困惑，繼續她們的對話。

「果然是太年輕了？」

七子用力點頭。

「妳喜歡多大的呢？唐澤壽明？」

「太年輕。」

「咦，他不行嗎？那麼，佐藤浩市？」

「就說太年輕了嘛。役所廣司勉強合格，但也還是太嫩了點。」

「那妳到底喜歡誰呀？」

「寺尾聰。」

七子說，一臉沉浸在夢想中的表情。

「天啊，那個人幾歲了？」

「他是一九四七年出生。」

「咦！那跟我爸沒差幾歲耶。」

七子滿臉通紅地低下頭。

「咦！什麼！那可不行，真的不行，太扯了，絕對扯到爆。」

「從女兒的角度來看，當然不行啦……」

七子說到這邊，忽然停頓下來，瞄了一下自己的手錶，然後目不轉睛地注視半空中。秋兔正想說些什麼，七子伸出食指貼在自己的嘴唇上，又看著半空中說：

「果然聽不見。」

「聽不見什麼？」晴子問。

「書店對面有間補習班吧，雖然好像已經沒在營業。」

「妳說富樫補習班呀。好像是在四、五年前收掉的。我小時候似乎挺流行上補習班，但小孩的數量愈來愈少。」

「是少子化的影響嗎？」

秋兔說完，用一臉很想獲得稱讚的表情看向晴子。

「了不起，了不起。」

晴子聲音平板地這麼說後，繼續講下去：

「附近開了間大型補習班對吧，那應該也有影響。畢竟老闆夫婦年紀都挺大了，夫妻兩人要勉強經營下去，應該到極限了吧。」

「那裡最近經常在吵架呢。」七子說。

「嗯，是啊。」晴子附和。

「他們這陣子一直在這個時間點左右大聲吵架對吧。」

「他們以前感情很好的，假日還會手牽手一起散步。但畢竟是夫婦嘛，可能有很多隱情吧。」

「我也不曉得理由，但是這一個多月來，他們每晚一直在吵架。這一帶很安靜，所以能聽得一清二楚，這個禮拜卻完全沒有聽見吵架聲。」

「應該是和好了吧？因為富樫先生他們原本是感情很好的夫婦。」

秋兔這麼說，可是七子像在瞪人似地凝視著秋兔的臉說：

「但從一星期前就沒看到她丈夫的身影。啊，她丈夫不是我喜歡的類型喔。」

七子沒有特別針對誰地這麼辯解。

「雖然不是我喜歡的類型，但還是會忍不住注意那個年紀的男性。」

「他一定是因為工作或是什麼事情出門啦。」

秋兔說。

「只剩太太一個人的話，自然吵不起來。」

「或許是那樣。可是，也可能不是那樣。」

「妳說不是那樣，是什麼意思？」晴子問。

「你們不覺得奇怪嗎？」

「什麼奇怪？」

「他們夫婦吵了那麼久，還大聲地互相怒吼，丈夫卻突然不見人影。」

「我覺得沒什麼好奇怪的啊。」秋兔說。

「也就是說——」

七子壓低聲音。

「……丈夫會不會遭到太太殺害了啊？」

「好、好可怕喔，七子妹妹。」

聽晴子這麼說，秋兔笑著說：「不會有那種事啦。」

彷彿要抵銷秋兔的笑聲一般，七子用像是在講靈異故事的陰沉聲音說道：

「他們在那一星期前的晚上，吵得比平常更大聲，妳還記得嗎？」

七子一臉認真地詢問晴子。

晴子瞇細雙眼試圖回想起什麼，但立刻就放棄。

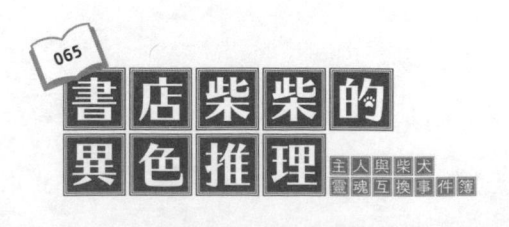

「這麼說來，好像有那麼回事吧。」

她敷衍地回答。

「我聽到『我要殺了你』的聲音，然後從隔天起，丈夫就不見人影。」

「等、等一下，七子妹妹，妳怎麼好像很開心的樣子呀。」

「因為我最喜歡跟大叔相關的推理故事了。電視播的刑事劇系列大多會採用有一把年紀、成熟穩重的演員喔。」

「例如水谷豐？」

「妳是說《搭檔》嗎？我喜歡這部電視劇喔，可是最近的系列有點差強人意呢。比起這個，《特搜最前線》的——」

「那是哪個年代的電視劇呀？是、是，我大概明白七子妹妹的喜好了。那麼，言歸正傳吧。再怎麼說，附近都不至於發生那種事情吧？」

聽晴子這麼說，七子彷彿就在等她這句話似地拿出手機。

「喏，請看這個。」

是新聞網站。

「這是附近發生的事情呢。」

晴子與秋兔探頭看手機的小螢幕。

報導的標題是「逮捕偷拍魔，追究其他罪行」。

「他是在附近車站被逮捕的喔。要說為什麼會被抓到，妳看，這裡有寫對吧。聽說是偷拍用的攝影機電池噴火爆炸了。還有——」

七子壓低聲音，像是要告知什麼重大祕密。

「殘留在攝影機裡的影像中，拍到了強姦場面喔。因此警方前去搜索住宅，發現那男人不只是單純的偷拍魔，還是強暴慣犯，而且好幾次拿那些影像威脅被害者，是相當惡劣的性侵犯。如何？聽到這樣的事，妳還能說這附近不會發生凶惡的犯罪行為嗎？請看這個，這男人居住的公寓離這裡並不遠。」

從聊到喜歡的男性類型開始，七子就變得很饒舌。她一打開話匣子，原本紅顏薄命、經常低著頭的黑髮美女形象便會嚴重崩壞。不過對中年以上的男性而言，那崩壞的程度似乎也形成一種反差，反倒十分吸引人的樣子。晴子完全無法理解那些男人的大腦構造。

「知道了，我去問清楚。」

秋兔忽然以認真的表情這麼說。

「勸你別那麼做比較好喔。」

明明是七子先煽風點火，她卻這麼說。

「我很清楚這就類似我自己的妄想，跑去問那種事情反倒很沒禮貌。」

晴子也連連點頭，表示同意。

「可是，該怎麼說呢？一想到有人因為這種事內心有疙瘩，我就沒辦法忍耐。」

秋兔這麼說的同時，已打算走出書店。

「等一下。」

晴子說著並抓住秋兔的手臂，然後對七子說：

「我陪這傢伙去一趟。他一旦下定決心就不聽勸，要是冒犯到鄰居就傷腦筋了。不好意思，可以麻煩妳幫忙看店嗎？」

「好，可是——」

七子正想說些什麼時，晴子已經被秋兔拉著離開店裡。

3

按下門鈴對講機的是秋兔。兩人等了一陣子，但沒有任何回應。

「沒人在家呢。」

晴子拉著秋兔的手臂想離開，但秋兔堅持留在門口。

「應該有人在，我有這種感覺。」

「就算你這麼說……」

『是哪位呀？』

一道陰沉的聲音從對講機傳來。

我就說吧——秋兔看向晴子。做出回應的是晴子：

「啊，我是對面那間姬川書店的姬川。」

『哎呀，等我一下喲。』

過一會兒後，大門打開。晴子頓時倒抽一口氣，只見對方頂著一頭凌亂的白髮，雙眼下方有明顯的黑眼圈，凹陷的雙眼看起來顯得更小。這人彷彿站在玄關就已經耗盡所有力氣。

晴子上次見到她是一個月前的事，當時她是穩穩地挺直背脊在行走。

「您怎麼了嗎？」

秋兔不禁這麼詢問。

「咦？怎麼這麼問？」

她一臉疑惑地詢問晴子。這是當然的吧，晚上忽然來訪的鄰居，突然開口說「您怎

麼了嗎」，也只會讓人困惑。

「事情是這樣的。」晴子開始說明。「因為最近沒看到您丈夫的身影，不知是怎麼了？我們剛才聊到這件事，雖然失禮，但您丈夫年紀也大了，因此我們有點擔心，想說既然在附近，就來問候一下……」

秋兔接著說道：

「您臉色很糟，不要緊嗎？如果您身體不舒服，要不要叫醫生呢？」

這種時候，秋兔天真無邪的笑容非常有用。

「多謝關心。我身體沒有不舒服，只是有點疲憊……」

她話聲剛落，就差點坐倒在地，秋兔趕緊伸出援手。

「我們進屋裡吧。」

晴子也幫忙攙扶，兩人一起支撐她的身體，進入屋裡。

玄關十分寬敞。因為原本是住宅兼補習班，所以一進門先看到的是教室。經過教室旁邊就會來到接待室，與學生家長談話時大概就是利用這裡吧。

兩人讓富樫夫人坐在老舊的沙發上。夫人彷彿被掏空棉花的布偶般，癱軟無力地沉入沙發裡。

「真抱歉啊。」

她的話尾轉變成嘆息。

「真的不用叫醫生來嗎？」

坐在一旁的秋兔問。高大的秋兔來到身旁，讓嬌小的夫人看來宛如人偶一般。

「我身體不要緊的。我幫你們泡杯茶吧。」

兩人連忙阻止想站起身的夫人。

「這麼問可能很冒昧，但請問您丈夫怎麼了呢？」

晴子突然這麼問。

「……他住院了。」

「住院！」

兩人異口同聲。

「是生病嗎？」

晴子催促夫人說下去。

夫人低下頭，似乎想了一陣子，但她瞄了一下秋兔的臉，總算張開金口。

「是十二指腸潰瘍，沒那麼嚴重啦。只是因為突然要住院，才搞得手忙腳亂的。」

「真是辛苦您了。」

秋兔輕撫老婦人的背安慰她。

「那個人也是有些事一直在操心呢……」

「雖然不曉得發生了什麼，但如果有我能幫忙的地方，請儘管說喔。」

「那怎麼好意思呢。不過……」

夫人說到這邊，又低頭陷入沉默。

「那個，我知道自己並不可靠，但有時只要找個人傾訴擔心的事，心情就會變得輕鬆許多。」

彷彿某個栓子脫落般，眼淚當真是突然就從夫人的雙眼撲簌簌地掉落。夫人緊抿著嘴忍住眼淚，於是從她喉嚨發出「嗚」的聲音。

秋兔什麼也沒說，只是握住夫人的手。

夫人邊說著「對不起、對不起」，邊拿出面紙擦拭雙眼，擤了擤鼻涕。

「請用這個吧。」

晴子遞出手帕。

「謝謝妳。」

夫人這麼說道，接過手帕按住雙眼，大口深呼吸之後開口說：

「我們有個兒子。」

夫人悄聲細語地說起她兒子——優的事情。

優今年四十歲，單身，已經離家獨立，目前在外縣市的食品批發公司工作。他引發了一場車禍，在沒有紅綠燈的交叉路口撞飛衝上前來的腳踏車。

車禍本身並沒有很嚴重，只是腳踏車倒落，騎車的男子也沒有半點擦傷。那場車禍發生在半夜。雖然優打電話聯絡了保險公司，但他聽到答錄機的語音後，沒留下任何留言就掛斷。就算懊悔保險公司不是二十四小時服務也為時已晚。運動服裝扮的那男人面帶笑容地說「沒事喔」，只說希望留個電話以便之後聯絡，因此優給了他名片，兩人就此道別。

隔天男人聯絡優，說他住院了，這時優才首次得知男人名叫田邊。他連忙去探病關心情況，男人皺起眉頭這麼說：

「人家常說車禍容易扭傷頸椎對吧。我一直以為那應該是錯覺，但自己碰上就懂了呢。好難受喔，真的好難受喔，嚇了我一跳。」

男人向優說明他正住院接受檢查，然後笑著讓優寫下「一切都是我的責任」這種字據以防萬一。優低頭道歉，寫完字據後，兩人閒聊一下便道別。這時優還慶幸對方是個好人。

三天後，田邊突然出現在優居住的公寓，給了優一張請款單，索賠住院費和治療費用，合計九十萬圓。田邊凶狠地說他等一下就要去醫院付錢，要優立刻拿出錢來，從遣

詞用字到態度，都一百八十度大轉變。自家地址被得知一事，讓優感到非常恐懼。優就那樣被帶到超商的提款機前，但他的存款只剩一丁點。因為優喜歡賭博，領到的薪水扣除生活費後，幾乎都花在競艇和賽馬上。

優拜託田邊等到下次發薪日，但田邊說他一分鐘也不能等，於是優被帶到金融公司的辦公室，被迫在借據上簽名。優當場將現金交給田邊，重獲自由後，立刻聯絡了保險公司。

代理店的負責人叫優先聯絡警察，請他們提供事故證明。優依照指示聯絡警察，檢查車禍現場，但因為當事者雙方已經和解，警方僅是隨便檢查就了事。從車禍的狀況來看，保險公司表示能理賠的治療費僅僅三萬圓。隔月的發薪日，優只能勉強償還利息，連預留生活費都辦不到。優向認識的人借生活費撐過幾個月，除此之外根本無能為力。小額借款愈來愈多，優漸漸陷入動彈不得的困境，最後實在束手無策，才總算找父母商量。

漫長的故事在這裡告一段落。

夫人並非按時間順序說明，中間零散地夾雜忽然想到的事，例如優挑在假日才發高燒昏睡，或是首次帶女友來家裡那天的事情等等，好不容易才說明到這邊。

「優甚至打工到半夜以存錢，但那樣根本存不了多少，所以回家來找我們商量。我

很高興他能回來找我們談，但我先生是個非常嚴格的人，所以他對優說教，要他自己想辦法處理，強烈反對幫忙。但我站在優那邊，我先生就說什麼『妳就是這樣寵他，他才會單身到現在』，所以我也惱火起來……」

「才會一直吵架嗎？」

夫人點了點頭。

「我們大多是在晚餐開始聊天，畢竟兩人都一樣擔心兒子。雖然會聊天，但常常立刻就吵架。這陣子一直因為這件事在吵架。我先生雖然嘴上說不要管優，但好像還是去幫他籌錢的樣子。不過，我們是領年金過活，手頭沒那麼寬裕。就算是我先生，也已經退休很長一段時間，許多認識的朋友都過世了，似乎沒辦法那麼順利地借到錢。上了年紀真是件辛酸的事呢。」

夫人說到這邊，大大地嘆了口氣。

「那個，我講到口渴了，我去泡杯茶。」

「我來泡吧。」

秋兔說。

「沒關係、沒關係，熱水已經煮好，很快就好了。」

夫人邊說邊發出「嘿咻」一聲站起來。秋兔隨即與夫人並肩，牽起她的手說：

「那我們一起泡茶吧。」

夫人邊說「這樣啊，真不好意思呢」，邊與秋兔感情融洽地消失到廚房裡頭，然後不到五分鐘就回來了。不知他們那五分鐘聊了些什麼，夫人的臉上已經浮現笑容。

秋兔將三個茶杯放到桌上。夫人津津有味似地喝著茶，「呼」一聲嘆了口氣。

「結果，有順利籌到錢嗎？」

晴子詢問，夫人緩緩搖了搖頭。

「不曉得是否因為一直很擔心優，我先生外出時突然倒下被送到醫院，我嚇了好大一跳。剛才也說過，我們是靠年金生活，要是支付住院費，生活就會變得很拮据。要考慮的事情實在太多，所以我變得不知該怎麼辦才好。」

夫人拿手帕摀住雙眼。

「那個叫田邊的男人是個相當可疑的人物呢。」

「我也這麼說，但被我先生斥責了。那個叫田邊的人是我先生以前的學生，我也認識他，他以前真的是個好孩子。但聽到優說的話，我總覺得田邊似乎有問題。可是我這麼說，我先生便會發脾氣。他說他沒辦法懷疑自己的學生。」

「所以兩位又會吵起來。」

晴子這麼說道，於是夫人又用手帕摀住眼睛，啜泣起來。

「我知道了。還有，那間金融公司應該是所謂的地下錢莊。雖說令郎是遭到催促，但怎麼會在那種地方借錢呢？我畢竟是局外人，這麼說可能不太好，但優先生以一個四十歲的人來說，也有點不太可靠吧。」

她在生氣，晴子小姐肯定在生氣——秋兔有點緊張地心想。

晴子生氣是司空見慣的事，但就算是家常便飯，秋兔也不怎麼喜歡看到有人生氣。

所以，他試著插嘴。

「晴子小姐，我有個想法——」

「你用不著想東想西。」

秋兔說了聲「是」，低頭閉上嘴。

「不過啊，」夫人一臉抱歉地說。「站在優的角度來看，簡直是天外飛來橫禍，我實在沒辦法責怪那孩子。」

「就是說啊，晴子小姐。」

秋兔稍微強硬地這麼說。

「現在先別計較是誰不好，必須想想該怎麼做才行。」

「嗯，是這樣沒錯，那你有什麼辦法嗎？」

秋兔移開視線。

「你什麼也沒想嗎？」

「對。」

「對你個頭啊。呃，我想想。富樫夫人，您知道那間金融公司的聯絡方式嗎？還有，您有田邊的名片嗎？」

「有，請你們稍等一下喔。」

夫人從沙發上起身，這次是一個人走到房間裡。

或許因為能與人商量，夫人的心情稍微輕鬆一點，臉色比剛才好很多，腳步也十分穩健。夫人立刻拿了個紙袋回來。

「這就是聯絡方式和名片。」

夫人將紙袋倒過來，掉出了傳單與名片。

「這些可以借我用一下嗎？」

「嗯，當然沒關係。但你們帶走這些，打算怎麼做呢？」

「雖然不曉得結果會如何，但我希望有我們能幫上忙的地方。這個萩兔也是人不可貌相，意外地可靠喔。而且，他還有一隻因為救人而出名的名犬。」

「喔，是說那個秋兔啊。」

雖然不曉得夫人是在說狗還是萩兔，但她似乎知道那件事。

「雖然不知道能倚賴他到什麼地步，但前幾天有人拜託他找不見的狗，結果幾個小時就解決了呢。對吧，萩兔？」

秋兔心想雖然沒錯，但又有哪裡不太對勁，面帶微笑地點了點頭。

「那還真厲害呢。」

儘管如此，夫人仍然感到佩服的樣子。

「所以，請您暫時專心照顧生病的叔叔。如果有查到什麼，不對，就算什麼也沒查到，我們仍會立刻聯絡您。」

秋兔接著說道：

「那、那個，如果您有什麼擔心或傷腦筋的事，請立刻聯絡我們。除了六日，我平時會待在前面那間姬川書店。就算我不在，也有晴子小姐在。」

晴子點頭贊同。

夫人連連低頭道謝，說了好幾次「真不好意思」。

約好下次要一起去探望富樫先生後，兩人便踏上歸途。這時夫人的精神似乎已經恢復不少。

光是這樣，秋兔就覺得自己做了件好事，但事情當然不可能就此結束。

4

『果然沒錯，瀧田金融這間公司是地下錢莊。』

萩兔看著螢幕這麼說。他在壽久是會員的金融業者相關資料庫裡搜尋惡劣的業者，立刻冒出瀧田金融的名字。

「地下錢莊是什麼？」

秋兔看著同樣的畫面問道。

『若想從事借貸工作，需要向國家和都道府縣政府提出申請，沒有申請註冊的金融業者就叫做地下錢莊。』

萩兔這麼說明，看向秋兔的臉。秋兔很明顯露出「聽不懂」的表情。

『簡單來說，就是違法貸款，也就是犯罪行為。』

「犯罪！」

秋兔大叫出聲。

『沒錯。既然是那個叫田邊的男人介紹的，他不可能不知情吧。』

「也就是說……是怎麼一回事？」

『田邊跟地下錢莊是一夥的。』

「一夥是指？」

『就是同伴。』

「同伴是指？」

『同伴的意思你應該知道吧。』

「呃，也就是說他們是朋友嗎？」

『有點不同，但大致上沒錯。』

「這樣我就懂了。也就是說，地下錢莊的人與田邊先生是朋友。」

『嗯，就是那麼回事。那個叫田邊的男人曾是補習班的學生對吧。既然這樣，他可能打從一開始就把優當下手的目標。他知道優的父母是看來很好騙的老人家……倘若是這樣，他也有可能會得寸進尺，來要更多錢。』

「咦，那該怎麼辦才好？」

『沒有任何辦法啊。如果不自己動腦思考，笨蛋就只能一直被欺騙。社會就是這樣。』

「原來如此，說得也是。可是，如果是認識的人碰到這種事情，還是會想辦法幫忙他們吧。」

『別管他們了。不靠自己察覺的話，對他們沒有幫助。』

「那個，假如，我說假如喔。假設我想要幫忙他們，應該怎麼做才好？」

萩兔哼了一聲。倘若以人類來說，他可能是發出了苦笑。

『警告那個老婆婆別當什麼保證人。當然，住院的老爺爺也可能被當成目標，他徹底相信自己的學生對吧。』

「沒錯，所以他們夫妻才會吵架的樣子。」

『首先要讓他們兩人理解這件事可能從頭到尾都是設計好的。不過，感覺那兩人很快就會蓋章答應當保證人呢。』

「就是說啊，所以應該現在立刻去說服他們——」

敲門聲響起。

「我在。」

秋兔回應。

「你沒事吧？」

是壽久。

最近秋兔在房間與萩兔講話時，壽久一定會來關心情況。的確，明明沒有其他人在，卻聽見兒子疑似在跟狗對話的聲音，身為父親會感到在意是理所當然的。

「我沒事喔。」

秋兔以開朗的聲音回答，起身打開房門。看到面帶笑容的秋兔，壽久看似不安的表情稍微露出微笑。

「那個，爸爸，我有點事情想問你。」

「什麼事？」

「如果不小心跟地下錢莊借錢了，該怎麼辦才好呢？」

「你該不會……」

「不是啦。我沒有借錢，是有人找我商量這個問題。」

「找你商量嗎？」

秋兔點點頭。

「然後你想要解決對方的問題是嗎？」

秋兔再次點頭表示肯定。

壽久大大嘆了口氣低喃：

「該說你身為人類，有所成長了嗎……」

『我是退化成野獸啦。』

萩兔「嗷嗚」地叫了一聲。

「我知道了。我有認識的司法代書和律師，這樣總會有辦法的。」

「要花很多錢呢。」

「如果是你朋友有難，爸爸一定會想辦法幫忙。真的不是你出問題吧？」

「不是啦，爸爸。我沒事。」

「嗯，這樣啊。說得也是。」

該不該感到高興呢？只見壽久露出複雜的表情離開房間。

發生意外後，壽久變得很少干涉萩兔。更正確地說，是十分小心翼翼。他似乎認為現在的秋兔「完全變了個人」，而且似乎認為會發生意外，責任在於把遛狗一事推給萩兔的自己。

「我等一下會出門喔。」

秋兔隔著門大聲說道。

「路上小心啊。」

秋兔聽見走廊傳來壽久回應的聲音，確認腳步聲逐漸遠離後，與萩兔一同出門。

有很多疑問的秋兔，在走路的同時動不動就向萩兔搭話，結果就挨罵了。的確，邊散步邊對著狗喃喃自語，會讓人感到可疑。但與萩兔一起出外散步，讓秋兔十分開心，所以秋兔忍不住想找萩兔說話。一起行動讓秋兔開心得不得了。秋兔原本就喜歡散步，

所以會花上將近一小時從家裡走到書店。萩兔之所以沒怎麼抱怨地奉陪，果然是因為他獲得了柴犬的肉體嗎？話雖如此，但他也不像秋兔那麼享受散步。

倘若置之不理，秋兔會凝望著黏在地上的口香糖駐足不動，或是追逐蜜蜂折返。萩兔硬拉著這樣的秋兔前進，好不容易來到富樫補習班附近。

『按下門鈴對講機。』

萩兔說。

「叮咚～」

秋兔邊這麼配音，邊按下按鈕。

『是哪位呢？』

「我是秋兔，前幾天來打擾過的伏部秋兔。」

『哎呀，我馬上開門。』

過一會兒，大門打開。

「哎呀哎呀。」

夫人看到萩兔，緩緩蹲了下來。

她撫摸萩兔的頭，用雙手包住萩兔的臉輕輕磨蹭，然後捏了捏萩兔的臉頰。雖然萩兔始終擺出不情願的態度，但沒有要逃跑的意思。

看到縱然是狗，也明顯擺出「不滿」表情的萩兔，夫人露出微笑。

「這孩子真是可愛呢。」

「謝謝您的讚美。」

「你特地帶朋友來我家玩嗎？」

「是啊。」

秋兔滿面笑容地說，那笑容熱情到就算拿到連鎖店銷售也賣不完吧。

「那麼——」

夫人將手搭在萩兔背上，試圖站起身，但遲遲站不起來。

秋兔看不下去，伸出援手。

「真對不起，我膝蓋不好。」

夫人在秋兔的幫忙下，「嘿咻」一聲站起來。

「來，請進。」

萩兔熟門熟路似地帶頭走進教室。

「這孩子真聰明呢。」

兩人跟著萩兔前進，在並排的椅子上各自坐下。

「後來我跟晴子小姐商量過了。」

秋兔立刻切入主題。之所以沒說是與萩兔商量過，是因為秋兔已從經驗中學到，那樣說是沒人會相信的。

「那個叫田邊的人果然很可疑。」

「我的確也覺得他不太能信任，但我知道田邊以前是個惹人憐愛的孩子啊。」

『他就是看準了這點。』

「他是在利用兩位的那種心情喔。」

「利用？」

「田邊跟那間金融公司聯手，向優先生騙錢。」

「你在說什麼啊？做錯事的不是優嗎？」

『田邊是故意去撞優的。』

「他是故意去撞令郎的。」

「不會有那種事吧。」夫人笑了笑，「你真愛操心呢，田邊沒有壞成那樣啦。」

『光是介紹高利貸業者給優，就已經夠壞了吧。』

「優先生借錢的地方叫做地下錢莊，是未經政府許可就借錢給別人的違法業者喔。」

「咦，此話當真？」

「不會錯的。」

「哎呀，那樣表示田邊也被騙了呢。」

「啊，原來如此！」

『才不是！』

萩兔突然吠叫，因此夫人也驚訝地看向萩兔。

『怎麼連你都跟她一起說些傻話。別開口回應啊，給我閉嘴聽好。總之，現在要提醒夫人千萬不可以當優的保證人。還有，如果田邊食髓知味地跑來要錢……』

萩兔發出長長的低吼聲，夫人撫摸著萩兔的頭和喉嚨，接著突然抓住他的臉頰搖了搖。

「怎麼啦？覺得很無聊嗎？」

秋兔差點笑出來，但他拚命忍住，開口說道：

「呃，總之，請夫人聽一下我的請求。」

「什麼事？」

夫人面帶微笑地詢問。

「首先，請您千萬不要當優的保證人。還有，如果那個叫田邊的人食髓知味地來要錢——」

這時，門鈴響起。

「哎呀，今天還真多客人來訪呢。」

「啊，我去應門。」

秋兔走到對講機前，按下按鈕。

「來了，請問是哪位？」

『奇怪，不是阿婆嗎？』

「咦？」

『啊，沒事，我叫田邊。』

秋兔看向夫人。

「請他進來吧。」

秋兔走到玄關打開大門。進來的是一個穿著西裝的年輕男人，年齡應該跟晴子相差不多。

田邊拄著柺杖。

「他是在對面那間書店打工的孩子。」

夫人向田邊介紹秋兔。

「幸會，我叫伏部秋兔。」

「喔，你好你好。」

田邊拖著單腳穿過秋兔身旁，坐到夫人旁邊。

「我剛才去探望了一下老師。老師看起來挺有精神的，聽說明天就能出院。」

「是啊，我聽孩子的爸說了。你今天來是有什麼事呢？」

田邊看了看秋兔。

「你不用在意萩兔喔。」

「是的，請不用在意我。」

面帶微笑的秋兔毫無惡意。田邊看秋兔的眼神，顯然是把他當成傻瓜。

「那我就直說了，我在電話中也稍微提過，腿麻的感覺好像還殘留著，導致我寸步難行。車禍真可怕呢。我又要開始接受治療，這段期間沒辦法去上班，在討論保險怎麼理賠前，想請你們先處理這筆立刻會用到的錢。我也跟老師商量過，但他說現在拿不出錢，要我等等。我是跟老師說明，就算借錢也應該想辦法解決才合理啦。老師很重情理，應該會想辦法處理，但我現在生活費還是有點不夠用，實在很傷腦筋，這部分可以請師母幫忙出——」

『喂，快阻止那傢伙說下去。』

萩兔發出低吼。

「請、請稍等一下。」
田邊瞪著秋兔的臉。
「幹嘛？」
『你問他這是在說什麼事。』
「請問你是在說什麼事呢？」
「我沒道理要告訴你吧。」
「現在這間金融公司是田邊先生介紹的對吧。」
秋兔詢問，於是田邊看向夫人說：
「這傢伙是怎麼回事？」
「他是擔心我才特地來的。」
「師母，妳不能被這種人欺騙啦。」
田邊歪嘴說道。
「這種騙子是聞到銅臭味才跑來的。」
『你再問他一次關於金融公司的事。』
萩兔瞪著田邊低吼。
「那間金融公司是田邊先生介紹的對吧。」

「是啊，沒錯。有什麼問題嗎？」

「你早知道那是一間沒有獲得政府許可的金融公司吧。」

「咦，我不知道耶。所以呢？」

「你不知道嗎？」

『他怎麼可能不知道。』

「我不知道啊，所以你想說啥？」

「呃，昂貴的利息讓優先生很傷腦筋喔。」

「沒有深思熟慮就借錢，自然會演變成那種情況。」

『喂！』

萩兔大聲吠叫，聲音之大讓在場所有人都嚇一跳。

『我要咬這個蠢蛋，我要咬死他。』

萩兔低吼，同時靠近田邊。田邊也感受到狀況非比尋常，不禁往後退。但他退後幾步，萩兔就逼近幾步。

『我要殺了你。』

「田邊先生，你會被咬死的，快逃！」

秋兔臉色一變地大叫。

田邊發出微弱的哀號，拔腿開溜，與此同時，萩兔也飛奔起來。

田邊以最快的速度逃跑，萩兔緊追在後，秋兔則跟在他們後方。

人不可能甩掉認真奔跑的柴犬。田邊很快就被萩兔從背後飛撲，向前摔倒在地。隨即追上的秋兔按住萩兔。

『你也看到這傢伙剛才在奔跑吧。』

「我看到啦……咦，田邊先生？」

秋兔看著邊拍落灰塵邊站起來的田邊，開口說道：

「田邊先生，你的腳、腳。」

「你管好這隻笨狗——腳？」

「你剛才以很驚人的氣勢奔跑呢。」

田邊滿臉通紅地瞪著秋兔，說了「給我記住」這句只有在電視劇裡聽過的台詞，轉身離去。

「啊，田邊先生，你忘了枴杖。」

「吵死了！」

田邊頭也不回地怒吼。

5

「富樫夫人他們不要緊吧？」

秋兔這麼說道，邊穿上繡有出版社名字的圍裙，邊看向馬路對面。

「富樫夫婦他們不要緊的啦。」

整理完外頭書架回到店裡的文吾說。

「他們跟地下錢莊借錢的事，你已經找壽久商量過了對吧。無論為人如何，那傢伙都是個能信任的男人。他很擅長處理那方面的麻煩事。只要解決借錢的問題，一切都會往好的方向發展吧。這次事件應該會讓他們的兒子學到教訓。只要這麼想，欠款的利息也算是一筆學費啊。而且，都已經忠告過富樫夫妻了，之後他們得自己振作點才行，畢竟老人家很容易被當成下手的目標。」

文吾邊分類要遞送的書籍，邊繼續說道：

「話說回來，萩兔，你有點想太多啦，我實在不覺得那個叫田邊的人會做出那麼惡劣的事。雖然我照你說的做了，但應該派不上用場吧？」

「抱歉。只要一星期，可以請您維持那樣嗎？」

秋兔低頭懇求。

「這點小事是無所謂。」

「早安。」

一回過神，只見七子就站在秋兔身旁。

「妳來得真早啊。」文吾說。

「晴子小姐今天要到東京參加關於書店經營的研討會對吧。所以，我想您說不定正覺得傷腦筋。」

七子露出秋兔不曾見過的滿面笑容這麼說。

「真抱歉。妳今天不是有什麼事要辦嗎？」

文吾慰勞著說道，七子邊穿上帶來的圍裙邊回應：

「沒有，我通常都很閒，所以只要您說一聲，我隨時可以來幫忙喔。」

七子似乎是一個人住在附近的公寓。

「那麼，我去送貨一下，麻煩你們看店。」

「聽說昨天很不得了呢。」

目送文吾離開後，七子這麼說。

「就是說啊。之後回想，令我愈來愈火大。我想那傢伙可能真的是壞人。」

「萩兔也會感到火大啊。」

「那當然囉。」

「無論是之前的萩兔或現在的萩兔，看起來都不像是會怨恨別人的人耶。」

「或許不會怨恨別人，但那個叫田邊的男人，還是讓我感到火大。」

「你說田邊他怎麼啦？」

彷彿打開腐壞的便當，秋兔有種討厭的感覺，轉頭一看。

只見田邊就站在店門口。

「你怎麼會在這裡？」

「我是為了之前那件事來跟你道謝。」

田邊說著走進店裡，並轉頭環顧周圍。

「萩兔不在喔。」

「我才不在乎那隻狗的死活咧。」

田邊咧嘴賊笑，筆直走近七子。

「有什麼事嗎？」

秋兔叫住他。

「有事？」

「你是有事才來的吧。」

「哎呀，我是好奇你在怎樣的地方工作。妳也是工讀生？」

田邊盯著七子問。

七子只是沉默地低著頭。

田邊坐到並排在平台上的書本上。

「別坐那裡！」

秋兔不禁抓住田邊的肩膀。

「幹嘛？」

田邊彷彿拍落灰塵般拍掉秋兔的手，從口袋裡拿出香菸。

「別把你的屁股放在書上，也不能抽菸。」

「這間店還真囉唆。」

田邊這麼說著，同時打算點燃香菸。秋兔一把搶過他的香菸，扔到店外。

「請你回去。」

「噯，工讀生小弟。我是不曉得你這份工作的時薪多少啦，但你不覺得要是落到被送進醫院的下場，很不划算嗎？」

「這話是什麼意思？」

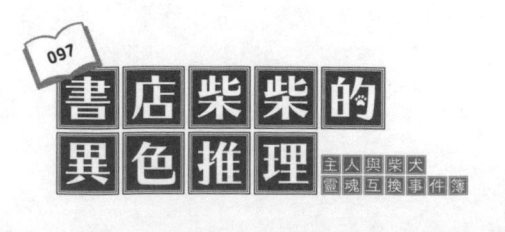

秋兔一臉認真地問。

「你真的聽不懂嗎？」

秋兔點頭如搗蒜。

「你在開玩笑嗎？」

「我一點也沒有在開玩笑。」

田邊咂嘴。

「你腦袋挺差的耶。」

「你真沒禮貌。」秋兔說。

只見田邊起身，站到秋兔的正前方。秋兔差點往後退，但仍穩住腳步。身高是秋兔高了一點，因此會變成秋兔俯視田邊的狀況，但在氣勢上被壓倒的卻是秋兔。

田邊的眼神彷彿在看掉落到衣服上的鳥糞般說道：

「今天是你們兩個顧店嗎？」

他這次瞪著七子。

「沒錯。」

七子不與田邊對上視線，但態度和平常沒什麼兩樣，看起來沒有很害怕的樣子。

「如果沒什麼事，請你離開。」

七子依然望著地板，這麼說道。

「就是說啊，滾出去！」

秋兔大聲說道。

「原來如此，你們是這種態度啊。」

田邊面帶微笑地將手伸向書架，然後接二連三地抓起書本，甩落到地上。

「快住手！」

秋兔怒吼，想一把抓住田邊。

與此同時，田邊回過頭來。

他伸出的手臂反擊般地抓住秋兔的喉嚨。

秋兔的喉嚨彷彿要被捏碎。

「對客人應該更有禮貌一點吧？」

秋兔想反駁，但別說是出聲，他甚至無法呼吸。

「禮貌是很重要的啊。」

田邊鬆開手，秋兔急促地大口呼吸。

「以後別忘了禮貌啊。不要妨礙別人工作，可是基本中的基本喔。」

「書店正前方就是富樫家，被他們看到這種場面，你不會很傷腦筋嗎？」

秋兔氣喘吁吁地說。

「阿婆行動不便，很少出門的。而且就算被看到也沒啥大不了，不管那兩人怎麼想或打算怎麼做，問題都在於他們的兒子會有什麼下場啊。」

「這是威脅嗎？」七子說。

「我今天只是來教導你們禮貌是很重要的，這下子也指導完畢了。我不會再露面，永別啦。」

田邊轉身打算離開。

「把書放回書架上！」

秋兔對著田邊的背後大叫。

「那是你的工作。」

田邊留下這句話，隨即想離開店裡。秋兔吼叫著飛撲上去。

他自認為已完全習慣使用人類的身體。

但事實上並非那麼一回事。

腦袋記得的狗的行動，與人的行動有微妙的差異。肌肉與神經在協調上的些微誤差，在瞬間行動時會形成巨大差異。

回過神時，秋兔已經按著肚子躺平在地上。

可以看見田邊逐漸遠去的身影。

懊惱與痛楚摻雜，秋兔彷彿小孩般，眼淚撲簌落下。

「你是傻子嗎？」

七子俯視倒在地上的秋兔，開口說道：

「既然哭成這樣，為什麼還想追上去啊？」

七子拉著秋兔的手臂，幫他站起來。秋兔邊用袖子擦拭眼淚邊詢問：

「有成功拍到嗎？」

「應該有，你被勒住脖子的地方也完整錄下來囉。不過，真虧你能料到事情會變成這樣。」

秋兔吸了吸鼻涕後，開口說道：

「這就是萩兔的實力喔。」

即使名字發音一模一樣，但想到這個點子的是萩兔。

田邊不會這樣就罷休的——萩兔那天對秋兔這麼說。

『那種人的行動很好猜，就好像以非常單純的演算法架構的程式。那種傢伙厭惡被人瞧不起，或是在別人面前丟臉，所以他肯定會來報仇。田邊大概會來姬川書店，在店裡威脅你不要再多管閒事。』

聽萩兔這麼說，秋兔不安地詢問：「我該怎麼做才好呢？」萩兔的回答就是設置防盜攝影機。

以前姬川書店曾被惡劣的小偷慣犯們盯上。他們偷走大量書籍，透過網路賣給舊書店。他們似乎認為在姬川書店偷書很容易，就算抓到一個小偷，很快又有其他人來偷書。店長實在想不到什麼好方法，於是設置了監視器，讓店裡沒有死角，小偷只要被抓到就無法抵賴。這麼一來，才總算平息了偷書騷動。

萩兔知道這件事，因此他忠告秋兔，請店長將平常是從櫃檯拍攝店內死角的監視器，轉成鏡頭朝向櫃檯前方。而且，為了不讓人注意到監視器，不僅用裝飾品遮掩，還設置一個簡單明瞭的大型假監視器拍攝店內。

田邊一開始走進店裡時會環顧周圍，或許也是為了確認萩兔在不在，但主要是在確認監視器的位置。

「這下子證據就齊全了呢，這次換我威脅他。」

秋兔按著疼痛的肚子，僵硬地笑了笑。

「接下來才是重頭戲。」

「對，但不要緊的，因為我有很多可靠的同伴。」

6

「幸好妳有空。」

晴子駕駛著輕型車，秋兔坐在副駕駛座上，看來很開心的樣子。

「碰巧沒有舉辦什麼活動，而且店裡交給爸爸與七子妹妹看顧。」

「不論怎麼說，妳都很閒呢。」

吵死了──晴子這麼說，狠狠拍一下秋兔的背。

晴子斜眼看著喊痛的秋兔，開口詢問：

「你還沒辦法開車嗎？」

「與其說沒辦法開，不如說想不起來要怎麼開。」

「但一般都說就算記憶喪失，也不會忘記怎麼騎腳踏車耶。」

「開車跟騎腳踏車不太一樣吧。不管怎麼說，比起開車我更喜歡散步。」

「說得也是，你很喜歡散步呢，無論到哪都用走的。我最近總算慢慢習慣現在的萩兔，但看到這種地方，有時還是會覺得好像是不同人。你以前不是經常炫耀那一輛叫蘭吉雅還什麼的義大利高級車嗎？」

「咦？喔，好像是那樣呢。」

秋兔不會說謊，一聊到這種事，就會露骨地顯得倉皇失措。但他慌張的樣子實在太明顯，反倒經常讓詢問的人客氣起來，擅自結束質問。

「不過，我也不討厭現在的你啦。」

「妳也不討厭之前的主……之前的我呢。」

「我很討厭。」

「可是妳剛才說『我也不討厭現在的你』，換句話說，妳並不討厭之前的萩兔對吧？」

「我才沒那麼說……別用那種眼神看我。知道啦，我說了，的確那麼說了。」

畢竟秋兔最喜歡聽到自己尊敬的主人受到讚美。

「請說妳喜歡之前的萩兔。」

「你在賊笑個什麼呀？你是這種個性嗎？說什麼傻話。」

就在兩人為無聊的事情鬥嘴時，車子抵達目的地。

晴子找了個投幣式停車場。

「請妳在這邊等我。」

「等你？」

「對。不曉得對方會做什麼，如果碰上麻煩事，我會聯絡妳。」

秋兔將手機用力推到晴子面前。

「如果是以前的萩兔，我應該會就這樣讓你走吧。但現在的你……」

「我也是能一個人獨當一面。」

秋兔挺起胸膛這麼說，晴子凝望著他開口：

「就是因為你這麼說，我才覺得擔心啊。你閉上嘴乖乖跟我走。」

結果走在前頭的是晴子。

「有耶，可以確定在三樓。」

秋兔指著公寓的信箱說。

「好像也會當成工作場所使用呢，公司名字是這個。」

只見那裡貼著寫有「犀星商事」的名牌。

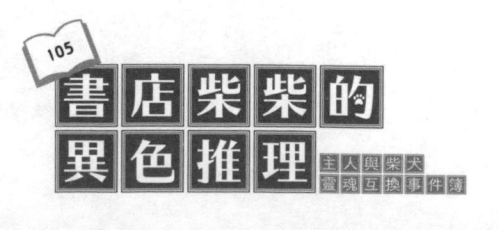

「你調查得真清楚。」

「這是萩兔的實力。」

秋兔得意地挺起胸膛。

兩人之所以離開金澤市，千里迢迢來到隔壁縣市，是為了見田邊。調查出田邊住處的是萩兔。他學生時代製作的電腦軟體中，有一款名叫「廷達洛斯獵犬」的軟體。只要

填入幾個確定項目，便會從遼闊的網路之海挖掘出相關資料，並從相關人物的記述中導出該人物的住處與電話號碼。就算只知道名字，也會跳出幾個候補名單。這次就是透過那個軟體，輕易得知田邊的住處。

他們沒有聯絡田邊，而是突然造訪。秋兔按下門鈴對講機。

『有什麼事？』

是田邊的聲音。兩人互看彼此，咧嘴一笑。

「我們是富樫夫婦的代理人。」

這麼說的是晴子。

「能請你開個門嗎？」

隔一會兒，自動鎖解除，大門打開。兩人搭乘電梯前往三樓。那是一棟每層樓有十四個房間的大型公寓。兩人尋找田邊的房間號碼，按下對講機，於是傳來一個不耐煩的聲音說「門沒鎖」。

「你們怎麼會知道這裡？」

一進到房裡，只見田邊大模大樣地坐在接待室的沙發上這麼說道。

「我們有那個意思的話，要找人是很簡單的。」

晴子說。

「坐下來聊啊？」

「我們要說的話很快就會結束。」

秋兔站著說道。

「總之，請你看一下這個。」

秋兔將手機螢幕推到田邊面前，螢幕顯現的是在姬川書店裡大鬧的田邊。影像十分鮮明，可以清楚看見田邊的臉。

「……這什麼啊？」

「是田邊先生之前來書店時的影像，監視器都拍下來囉。」

畫面中，田邊正勒住秋兔的脖子。

「……所以呢，你想說什麼？」

田邊裝出鎮定的樣子，但眼神飄移不定，畢竟他自以為不會被監視器拍到。

晴子俯視那樣的田邊，繼續說道：

「關於借款的問題，我們已經找認識的律師商量，也向國民生活中心報告了，等於已經解決。這件事你可能已從地下錢莊的口中得知。」

田邊一臉不知情的樣子，保持沉默。

「你今後還打算繼續糾纏優先生和富樫夫婦嗎？」

「妳在說什麼啊？我可是被害者喔。原本應該是他們來慰問我才對，我是好心主動聯絡他們耶。」

「你在警察面前也能這麼主張嗎？」

「為什麼會冒出警察啊？」

「剛才的影像，不管怎麼看都是威脅呢。」

晴子瞪著田邊，將他逼入絕境。

「我不曉得是優還是老頭子老太婆拜託你們的，總之你們快滾吧。」

秋兔打從心底厭惡這個男人。

他是個討厭的男人，就好像梅雨季時的狗屋裡那樣惹人厭，彷彿魚刺卡在喉嚨那樣惹人厭。

「請你再也不要出現在富樫家，當然也請你不要再打電話。」

「是、是，我知道了。我答應你們。」

田邊不正經地笑著這麼說，然後瞪向晴子，彷彿咒罵似地說：

「這樣你們滿意了嗎？滿意了就快滾吧。」

晴子朝田邊伸出手。

「幹嘛？」

「請將字據還來。」

「啥？」

田邊嘴角扭曲地應聲。

「妳說什麼傻話？」

「這個——」

晴子將手機拿到田邊面前，想再次讓田邊看他在書店大鬧的影像。

但田邊抓住晴子的手腕。

「該適可而止了吧？」

田邊的聲音溫柔到噁心，表情卻毫無笑意，而且抓住晴子手腕的力量非比尋常。但晴子不認輸，瞪著田邊說道：

「可以請你放手嗎？很痛，很痛，很痛耶。」

秋兔彷彿狗一般地發出低吼。

田邊將臉湊近，甚至能聞到他呼吸中薄荷錠的味道。他對晴子說：

「不管是老頭子還老太婆，都跟我很熟呢。比起妳的話，他們肯定更相信我的說詞。別看我這樣，我可是很受老人家歡迎。聽好了，這並不是犯罪。我身為被害者，只是提出正當的要求。介紹的金融公司沒有獲得政府認可這點，我並不知情。我什麼壞事

也沒做喔。」

田邊鬆開手，邊不正經地笑著，邊點燃香菸。

「跟你怎麼想無關，你正在做的事情就是犯罪。順便告訴你一聲，你從剛才開始的言行，也都已經錄下來了。」

「隨妳高興啊，我也會隨我高興去做。」

「我們也會與富樫夫婦合作，小心留意，以免他們兩人被你欺騙。他們不會那麼輕易變成肥羊，老人家比你所想的還要聰明且強韌喔。」

「既然是當事者主張道歉，不管妳打算怎麼做都沒用的。不過啊——」

田邊站起身，彷彿要咬住晴子的耳朵般將臉湊近，低聲說道：

「妳要是再多管閒事，我就必須去拜託可以輕易解決這種事的人了。懂吧？」

「離晴子小姐遠一點！」

秋兔大喊。

田邊像是要推開晴子似地拉開距離，大聲說道：

「好啦，到此為止，你們快走吧。」

田邊啪啪地拍了拍手。

「我們走吧。」

秋兔被晴子推著背後，一起離開。

只見晴子的指尖顫抖著。

「晴子小姐，妳沒事吧？」

「……嗯，真是的，我真丟臉。」

秋兔靠近低下頭的晴子說：

「我去咬他吧？嗳，我去咬那傢伙吧？」

「你在說什麼呀？」

晴子稍微浮現笑容。見到晴子的笑容，秋兔的怒氣才稍微平息。

儘管如此，秋兔仍舊一直對晴子低喃：「我去咬他吧？我去咬他一下吧？我去咬他的耳朵一下吧？」到達停車場時，終於被晴子斥責：「你好煩！」令秋兔沮喪地鑽進副駕駛座。

晴子用力握緊方向盤後，將額頭靠到方向盤上。

「好不甘心。被那樣威脅的話，果然還是會害怕呢。真令人火大。」

「所以說，還是去咬他一下比較好——」

「就算咬他也無濟於事啊。」

「不管嘴上怎麼說，那傢伙一定被逼入絕境了，所以才會慌張，開口威脅我們。」

「說得也是，我覺得是那樣沒錯。」

「沒事的，請交給我。反正那傢伙已經什麼都辦不到。他下次又動手的話，肯定就完蛋了。」

「說得也是。」

看到秋兔的笑容，晴子的表情也跟著恢復笑容。

7

「要是那傢伙又來報仇，該怎麼辦？」

七子這麼說，語調彷彿在威脅小孩。

「不要緊，到時由我來解決他。」

秋兔以彷彿在演戲般的動作，用力拍了拍胸膛。

「真是勇敢呢。」

從後方傳來聲音。就算不轉頭看，聽聲音也知道是誰。

「白雪先生。」

秋兔轉過頭，內心浮現一個想法——

總覺得有個不適合白雪的氣味。

秋兔試圖回想那是什麼氣味，感覺快想起來了，卻又想不起來。

晴子站在白雪身旁，他們剛才在店裡的辦公室討論關於活動的事情。

「我聽說那件事囉。竟然有這麼過分的傢伙。萩兔小弟和晴子小姐都很有勇氣呢。」

秋兔嘿嘿傻笑。

「辛苦你們了。不過，雖然這次計畫進行得很順利，所以無妨，但這種事情還是交給專家處理比較好，不可以太亂來喔。」

「對不起。」

晴子一臉誠懇地低頭道歉。

「那麼，改天見。」

白雪這麼說道。

「如果有什麼傷腦筋的事，我隨時都可以陪你們商量。那個叫田邊的男人，感覺大有問題呢。但那個男人不會再給你們添麻煩了，你們別因為擔心這點而悶悶不樂。有什麼萬一時，就交給防犯專家處理吧。那麼，我先告辭。」

白雪舉手道別，離開書店，三人暫且目送他離開。

「接著該開始工作啦。」

秋兔這麼說道，晴子抓住他的肩膀。

「爸爸說他想跟你聊聊。」

「聊聊？」

「就是叫你去跟他喝杯茶啦。」

「喝茶啊。」

秋兔陷入沉思。

「可是這樣對七子小姐不好意思。」

「我一點也不介意，反正這時間很閒。」

「也有茶點可以吃喔。」

晴子補充。

「因為白雪先生帶了土產過來。」

聽到土產，秋兔咧嘴笑了。

「該不會是甜食吧？」

晴子默默地點了點頭。

「那麼，我就恭敬不如從命，打擾了。」

秋兔滿面笑容。

「不好意思，可以麻煩妳再幫忙顧一下店嗎？」

晴子對七子雙手合十，低頭懇求。

「我來幫忙泡茶吧？」

「我爸想自己動手呢。」

在她們交談時，秋兔很快地走向電梯。

姬川的住處位於五樓。

電梯門打開的地方，離玄關很近。

「打擾了。」

秋兔這麼說道，於是文吾從屋子裡露面打招呼。

「辛苦你了。總之，坐下來跟我聊聊吧。」

秋兔與晴子並肩坐在茶几前。秋兔試著恭敬地跪坐，但他不擅長跪坐，姿勢不穩到彷彿第一次坐下的幼兒。

「你連跪坐都不會嗎？」

秋兔被晴子瞪著，一臉過意不去地搔了搔頭。

「無所謂啦，把腳伸直吧。最近的孩子腿都很長，不適合跪坐。」

聽文吾這麼說，晴子立刻說：

「爸爸，你這話是什麼意思？」

「我絕對不是在說妳身材不好喔。」

「我腳這麼短，真是抱歉呢。誰叫我是你的小孩，這也沒辦法吧。這是遺傳啊，遺傳。伏部叔叔的體格就很棒呢。」

「妳知道那傢伙高中時被叫做什麼嗎？『陰影處的土當歸』喔。因為他弱不禁風，只有個頭特別高。體格！那種東西跟失敗的友禪染一起流入淺野川了吧。」

文吾口出惡言的同時，將盤子放到茶几上。盤子上放著三個大顆的酒饅頭，外皮上印著兼六園的徽軫燈籠圖案。

「是烤饅頭！」

秋兔興奮不已。變成人的秋兔非常喜歡甜食。

「這是白雪小弟帶來的。他真是個講究禮節的男人——」

文吾話才說到一半，秋兔便突然抓起酒饅頭塞進嘴巴。那饅頭的尺寸並沒有小到能一口含在嘴裡，秋兔的嘴全被饅頭塞滿。秋兔以那樣的狀態想要開口說些什麼，但只是發出含糊不清的呼哈聲，完全聽不懂他在說什麼。

「你稍微冷靜點吧。」

文吾在秋兔前方放了裝在懷紙上的烤饅頭。

「你有這麼愛吃甜食嗎？記得你以前好像說過討厭日式點心？」

文吾這麼說的同時，又再次消失到房間裡頭。秋兔立刻將手伸向紙上的饅頭。

晴子用力打了一下秋兔的手。

秋兔大吃一驚，將手縮回去。

「妳做什麼啊？」

「那是讓你留著帶回家的。放在懷紙上的點心，要這麼做才符合禮儀。」

「咦，是這樣子嗎？」

文吾拿著茶壺回來了。他在每個人的茶杯裡倒入焙茶。

「這點小事我可以代勞的呀。」

「妳不懂泡茶的方法吧。」

「這點程度我也會啦。」

「是、是，我知道了。那麼，結果怎麼樣？」

秋兔開始說明，但他打從一開始就非常在意懷紙上的烤饅頭，好幾次看向那邊，說明變得相當隨便，最後甚至停止說明，流起口水。就連文吾也注意到了。

「萩兔小弟。」

「啊，喔，是。」

「你就開動吧，還有很多饅頭可以讓你帶回家。」

「真的嗎？謝謝伯父。」

秋兔在說「謝謝」時已經伸出手，說到「伯」字時抓起一個饅頭，講完「父」字的同時，饅頭已經塞滿嘴巴。他一臉幸福地慢慢品嚐。

暫且不管沉浸在幸福中的秋兔，結果是晴子向文吾說明發生了什麼事。

「爸爸，這樣你滿意了嗎？」

「嗯，我想知道的事情都聽到了。如果能這樣和平落幕就好了，但不曉得事情會怎麼發展。」

「我總覺得應該不要緊呢。白雪先生也說應該不會再發生什麼事……」

奇怪？秋兔疑惑地陷入沉思。

提到白雪讓秋兔想到什麼。

他思考著，但即使想破頭，也想不出究竟是什麼。

卷三

關心夫妻吵架的狗

「可惡，混帳，為什麼會變成這樣啊？」

田邊將變短的香菸按在菸灰缸裡捻熄。菸灰缸裡塞滿了菸蒂。

車子在夜晚的縣道上不斷奔馳，進入小松市後，在漫長的山路上馳騁。貼在車內後照鏡旁的紙片上，寫著山谷間的溫泉旅館住址。住址早已經輸入導航系統，往右、往左、直走——田邊按照機械聲的指示，駕駛著輕型車前進。

「這下只能跑路了吧。不過，那傢伙到底在哪調查出我的事情？沒想到我居然會變成被威脅的一方。不過算了，既然他們已幫我準備好工作，暫時乖乖地——」

田邊嗅了一下。

因為芳香劑的味道太濃，他一直沒注意到有股燒焦味。

「可惡，要是在這種地方故障，簡直衰到爆了。」

他「砰」一聲敲了敲方向盤。

車燈照出前進的方向上幾乎沒有對向來車，田邊心想找個路肩停下來確認看看，但遲遲找不到可以停車的地方。要是隨便停在路肩，結果被後方來車追撞，下場實在慘不忍睹。

田邊無法做出決定而一直行駛，突然看見有道白煙從車身冒出來。

這時在引擎室裡，吸滿機油的擦車布正迸出火焰，然後，點燃了從鬆弛的汽門慢慢漏出來的汽油。

引擎蓋伴隨著爆炸聲跳起。

田邊緊急煞車，但看不見前方。

他在煞車前看見了彎道，連忙轉動方向盤，但後輪打滑，導致車子激烈旋轉。

車子衝破護欄，在撞上樹幹而停止的同時，爆出更巨大的火焰。

1

「我說啊，你進來時看到了嗎？」

晴子對送貨回來的秋兔這麼說。

「看到什麼？」

「站在對面的人。你轉頭看一下。」

秋兔按照晴子所說的轉過頭去，看到有個女性一動也不動地佇立在道路對面。

「是啊，有人在那裡呢，應該是在等紅綠燈吧。」

「就算號誌變成綠燈，她還是一直待在那裡。」

「原來如此。」

「萩兔也看得見她對吧？」

「看得很清楚。」

「她不是幽靈吧？」

「這……我不確定。」

「你別說這麼恐怖的話嘛。」

「是晴子小姐先提起的喔。」

「她一臉想不開的表情呢。啊，走過來了。」

以陰沉視線盯著書店的女性，筆直朝書店走來。

「不要緊嗎？」

「什麼意思？」

「不知道是怎麼回事呢。哇，她來了來了來了。」

打開玻璃門走進來的是一名中年女性。她眉頭深鎖，以嚴肅的表情注視秋兔。

「請問一下，你是萩兔先生對吧。」

「嗯，對，沒錯。」

「呃……」

女性環顧周圍，拿起一本雜誌放到櫃檯上。

「我要買這個。」

「咦？」

秋兔忍不住發出這種聲音。

因為這名女性的台詞實在太出乎意料。

「呃，含稅一共是五百六十圓。」

女性依照秋兔說的金額付錢，將購買的雜誌隨意扔入包包裡。

然後，她再次注視秋兔的臉開口：

「請問一下，你能幫我找人嗎？」

「啥？」

晴子不禁反問。

好像有什麼誤會傳出去了。

「呃，我沒有在做尋人服務喔。」

秋兔連忙這麼說。

「嗯，所以我才買了書啊。」

「咦？」

秋兔與晴子同時這麼說。

「這話是什麼意思呢？」

晴子詢問。

「如果是顧客的委託，你就會幫忙了吧？」

「那完全是誤會。是誰那麼說的？」

晴子問，於是女性看向半空中思考了一陣子回答：

「沒有啊，你不是可以幫忙找到任何不見的東西嗎？」

「呃，只是找到蓮田先生家的小狗而已。」

「還是立刻找到的對吧？」

「那個，我只是普通的書店工讀生喔。」

「可是，救了你的名犬會做出名推理——」

「牠不會做那種像小說情節一樣的事啦。」

女性失望地垂下肩膀，伴隨著嘆息說了聲「這樣啊」。

「呃，那個，總之請妳說來聽聽吧。或許這樣能讓妳的心情多少變得輕鬆點。」

女性低著頭，沒有回答。

「在這裡說很不妙吧？」

晴子幫忙解圍。

「啊，是這樣子嗎？」

女性微微點了點頭。

「請她上樓坐吧。現在沒人，萩兔要自己替客人泡茶喔。」

晴子這麼說，同時將房間鑰匙交給秋兔。秋兔接過鑰匙，帶女性到以前壽久請他吃點心的房間。

「來、來，請坐。」

秋兔請女性坐到坐墊上，然後走向廚房，但仔細一想，他根本沒有泡過茶。秋兔無可奈何地看了看冰箱，發現有寶特瓶裝的礦泉水，因此，他直接把冷水倒入茶杯端了出來。

「請不用費心。」

「那麼，請問妳是在找誰呢？」

「是我先生。」

「妳先生，也就是說妳的丈夫下落不明是嗎？」

「沒錯。」

女性點點頭，秋兔明顯露出傷腦筋的表情。

「這我也愛莫能助啊。我前陣子找到的是狗，狗就算不見也是自行走失的，跟人類不太一樣。人類不見的話，應該去找警察吧，畢竟也可能是碰上犯罪事件或意外。」

看到女性的表情變得更加陰暗，秋兔心想糟了，但他無能為力。

「呃，對不起，應該說也不是沒有那種可能性嗎……不，沒有。」

陷入絕境的秋兔，敷衍地這麼說。

「你別這麼說，總之請聽我說一下吧。」

聽到女性淚眼汪汪地這麼說，秋兔實在無法拒絕。

女性名叫宮尾順子，失蹤的是她丈夫宮尾勝次。他們在這種不景氣中經營的金屬加工工廠兩個月前破產了，勝次為了籌募資金四處奔波，但實在無力回天。他們賣掉工廠與機器，原本僱用的員工們也找到新工作，且靠籌募到的錢支付之前未給付的薪水。雖然變得幾乎身無分文，但所幸獨生子已經獨立，也結婚生子，無論發生什麼事都只是夫婦兩人的問題。就在勝次在順子面前宣言，要重新白手起家時——

那天，勝次去向債主道歉，然後就沒有回家。順子好幾次打手機給他，但他都沒接電話。順子一開始怕他自殺，但勝次已是一把年紀的大人，順子原本打算等到半夜再

說。在等待的期間，她到勝次的房間想看看有沒有什麼線索，結果發現留有一張紙條。
『我累了，決定逃避，請不要找我。』
紙條上只寫了這些。
內容實在太自私。
但那時順子不覺得生氣。比起這個，她更擔心丈夫發生了什麼。
勝次是個優點只有認真與誠實的善良男人，就算被強迫做隨便敷衍的事，他也辦不到。他說不定是為了償還債款，一頭栽進麻煩的世界。該不會因此被捲進了什麼事件吧？順子這麼心想，立刻聯絡警察。可是，雖然警察受理了協尋失蹤者的申請，但沒有很認真聽順子怎麼說。看來，警察似乎認為就像那張紙條所說的，勝次是疲於還債而逃跑了。也不曉得警方之後是否仍在搜查。
順子也試著自己調查，但她的能力有限。她也想過委託偵探調查，但總覺得徵信社給人恐怖的印象，所以還沒有採取那樣的行動。
「警察那邊還沒有任何聯絡是嗎？」
「對呀。但事情有進展了，我先生打了電話給我。」
「咦，這樣事情不就已經解決了嗎？」
「要說解決還早得很呢。我先生並不是直接打電話給我，電話那頭是女人的聲

音。」

「什麼！又是個新的謎題呢。」

「該說是謎題，還是說謎題已經解開了呢？那女人說：『妳老公很快就會送錢過去，但那是勝次搞錯送出去的，所以在我來拿錢之前，妳先幫我保管。』」

秋兔感到疑惑。他無法想像這究竟是怎樣的情況。

「這是怎麼一回事呢？光只是這樣，也不曉得跟妳先生不見是否有關係。」

「你在說什麼呀？」

順子以明顯感到煩躁的聲音說道：

「這還用想，他一定是因為女人的問題而逃跑了。就是外遇啦，外遇。那個蠢貨八成是逃到女人那裡躲避欠債的辛酸啦！」

順子的手激動地顫抖著。

「呃，請問，那我該做什麼呢？」

「我希望你幫忙找出那女人的住處。」

「這不是我能辦到的事吧——」

「我知道了，我們答應這項委託。」

秋兔訝異地轉頭一看，只見晴子雙手交叉環胸站在那裡。

「妳什麼時候來的？」

「七子妹妹來了，所以我才來關心情況。這麼說不太好，但我無法原諒那種男人。別擔心，萩兔是尋人高手，而且他身邊還有一隻名犬，一切都包在我們身上。我們會設法查出情報，讓妳先生得到應有的報應。」

晴子握住拳頭，敲了敲自己的胸膛保證。

2

秋兔眺望河堤，緩緩漫步。

秋兔喜歡這個季節的水的氣味。不，不限於這個季節，秋兔喜歡水的氣味。金澤是個多雨的城市，秋兔也喜歡蘊含雨水的潮濕味道，還有雨後草叢冒出的熱氣。而且金澤是用水之城，水的氣味會透過風傳遞到各種地方。水的氣味即是風景的氣味。河岸的風景融入水中，成為氣味。雖然憑人類的鼻子無法分辨得那麼清楚，但還是能感受到早春的溫暖空氣中，蘊含著豐富的水分。

秋兔興奮地走著，萩兔則在他身旁以相當緩慢的步伐前進。即使各自有著狗與人的

外貌，還是能明顯得知主人是狗。就算被威脅大概也不會出外散步的萩兔，如今卻一定會與秋兔一起出門。或許是狗的身體無藥可救地渴望散步，因為身體記得那些行為。

秋兔坐在河堤上，萩兔也在他身旁坐下來。看到四下無人，秋兔向萩兔搭話：

「感覺真舒服呢。」

秋兔這麼說，並以視線追逐連忙逃到草叢裡的蚱蜢。

『你知道嗎？』

「知道什麼？」

『意外。』

「意外是指？」

『你至少看一下新聞吧。在小松市的山中發生了車禍。』

「這樣子啊。」

『衝破護欄的輕型車起火，車上的男性身受重傷。』

「那還真是嚴重，車禍很可怕呢。」

秋兔的身體顫抖了一下。

「但你為什麼會提這件事？」

『因為那個出車禍的男人名字。』

「誰啊，是你認識的人嗎？」

『是田邊。』

「田邊是那個……」

『沒錯，就是那個田邊。』

「這還真是驚人的偶然呢。」

『我不覺得是偶然。』

「那是怎麼一回事呢？」

『汽車似乎是起火了，倘若以廣泛的意義來說，也可能是有人縱火。雖然這只是我的直覺，但我覺得跟之前強姦犯的攝影機燃燒起來的事件是同一個犯人。』

「啊，是你之前曾提過，有人在神不知鬼不覺的情況下縱火那件事嗎？」

『沒錯。應該是那個人動手的吧。』

「他為什麼要做這種事？」

『大概是為了正義吧。』

「正義？」

『有人認為，田邊這種小混混就像是簡單易懂的邪惡代表。也就是說這種單純的人類，懲罰了那些惡人。』

「我好像明白，又聽不太懂呢。」

『他們拿正義當藉口，發洩自己的惡意。你似乎不懂何謂惡意啊……你幹嘛賊笑？有什麼好笑的？』

「沒有啦，不過這樣一看，柴犬的臉看起來好像在笑呢。」

『啥？』

「主人用那種臉在講非常嚴肅的話題，感覺好好笑。話說回來，沒想到自己以前是這麼呆蠢的表情。」

『少囉唆！你呆蠢的長相我沒辦法負責，但內在變成我的時候，應該已經變成相當正經嚴肅的表情才對。再說你……』

不知是在意什麼，萩兔在碎念的同時，好幾次轉頭看向後方。

正當秋兔想問他是在意什麼時，萩兔突然當場轉起圈來。

他在追逐自己的尾巴。

『阻止我。』

萩兔彷彿陀螺般，一邊轉圈一邊這麼說。

『快點阻止我。』

「我非常明白這種心情。」

秋兔說，同時像要覆蓋住萩兔似地抱緊他。

「我懂喔，柴犬會非常在意自己的尾巴呢。會覺得心癢難耐，想要確認清楚。」

『少囉唆，用不著你幫忙解說。』

「但我幫了你吧。」

『狗幫忙主人是理所當然的。』

「當然是那樣沒錯啦……」

秋兔認為此刻正是與萩兔商量的時機，於是開口說：

「那個，我有些事想要請教。」

『什麼事？』

「我希望你幫忙找人。」

『什麼意思？』

秋兔說明了宮尾夫婦的事。他原本就不擅長仔細說明事情，因而被萩兔重新問了好幾遍，儘管如此，秋兔仍拚命地繼續說明。

『所以那個叫順子的女人懷疑丈夫外遇，是這麼一回事嗎？』

「沒錯。這樣你明白了嗎？」

『她丈夫在不見蹤影前，曾經說要以人生再出發為目標努力奮鬥是吧？』

「對。可是仔細一問，他們好像不是把債款全都還清，所以是自……自願什麼的……」

『自願申請破產嗎？』

「對，就是那個，他們好像也辦完那個手續了。」

『如果是個性認真的人，可能會對這種行為懷有罪惡感吧。這麼一來，他自殺的可能性果然很高。』

「為什麼人類會尋死呢？我們不管發生什麼事，都會努力求生喔。」

『對人類而言，有些事比死亡更恐怖，所以才會追求安心立命。』

萩兔看了秋兔一眼，繼續說道：

『所謂的安心立命，是指讓心靈保持安穩，境遇任憑上天安排。簡單來說，就是無論發生什麼事，都能不慌不忙地應對的心態。人類希望自己能做到那樣。然而那種想法也會動搖人的心靈，促使人去自殺。』

「……我果然還是不太明白。那麼，主人知道這件事的真相嗎？順子夫人真的很煩惱，我希望自己能盡力而為。」

『的確，她甚至跑來拜託狗跟小孩，應該是被逼到走投無路了吧。』

「小孩是指誰啊？」

『就是你啊，你的精神年齡大概才五歲。倒不如說你其實是隻狗吧。』

「嗯，是這樣沒錯啦。」

秋兔從鼻子哼了幾聲，顯得很不滿。

『你討厭狗嗎？這話由我來說還可以理解，但由你來說很怪吧？』

「我不是討厭狗啦。但是，難得變成人類，果然還是想被當成能獨當一面的人類獲得認同。」

『那就用功學習吧。成為大人這件事，就是日積月累的學習。那麼，你希望我怎麼協助你？』

「我希望主人幫忙尋找她丈夫。主人之前也在眨眼間調查出田邊的住址嘛。」

秋兔一臉得意地這麼說。主人的功績讓他驕傲得不得了。

『我沒有要幫忙的意思。』

「咦，為什麼？」

『我才想問你呢。為什麼我得去幫一對連面都沒見過的夫婦解決問題？』

「因為他們正感到傷腦筋啊。」

萩兔看向秋兔，面帶微笑的秋兔沒有絲毫邪念。萩兔「呼」一聲嘆了口氣說：

『聽好了，這不是為了那對夫婦，也不是為了你，只是因為幫忙你對我有幫助，我

才會這麼做。』

「主人願意幫忙嗎！」

萩兔不情不願地點了點頭。

『那麼，總之先把不見蹤影的丈夫的私人物品帶來，畢竟氣味是很重要的線索。記得裝在夾鏈袋裡，免得混入你的氣味。明白吧？』

「呃，要我去找順子夫人拿也是可以……」

『你那撒嬌的眼神是怎樣？』

「可能的話，可以請主人跟我一起去那個人的家拜訪一趟嗎？因為有很多光憑我實在聽不懂的話題，像是債款的事情等等。」

『你書店的打工呢？』

「我有好好在打工喔，不過請他們改成一星期四天班了。」

『你再稍微認真點工作吧。還有，不要什麼都想依賴我，我可是忙著尋找回到原本身體的方法。』

「感覺有辦法解決嗎？」

『目前我決定暫且捨棄科學的觀點。引發這種超越人類智慧現象的力量，有些人稱之為「觀音力」。你知道嗎？』

秋兔搖了搖頭。

『現在我直覺感受到了那種力量。狗與人類的靈魂交換這種事，首先必須肯定靈魂的存在。如果想查明這種荒謬現象的原因，無論如何只能仰賴神祕學吧。我試著假設在源頭流動的力量為觀音力。即使是抽象的概念，只要取個名字就比較易於思考……喂，你有在聽嗎？』

從途中開始，注意力就被草叢的蟲子給吸走的秋兔，浮現敷衍的笑容。

『算了。話說，你知道宮尾夫婦的住址嗎？』

「嗯，他們住在市內，可以馬上前去拜訪。」

『立刻去他們家看看吧。』

萩兔帶著發出怪聲、雀躍不已的秋兔前往宮尾家。途中，秋兔用手機聯絡了順子，順子剛好在家，便告知她現在即將前往一事。

宮尾家位於走路大約二十分鐘的地方。

他們把自宅和工廠都賣掉了，目前居住的地方是租來的房子。那是一間相當破舊的小型古民家，他們也沒怎麼修繕地住在裡面生活。

秋兔敲了敲不好開關的拉門，呼喚順子的名字。

大門發出嘎沙嘎沙的嘈雜聲響打開了。

「請進來吧。」

秋兔在順子的邀請下進入土間(註3)。

「那個，萩兔也在耶。」

「噢，不用擔心。」

順子拿水盆替萩兔洗腳，讓牠進入屋內。鋪設榻榻米的房間雖然老舊，但打掃得一塵不染，十分乾淨。

「這孩子就是天才犬嗎？」

順子再次伸手想摸萩兔，秋兔連忙制止她。

「不好意思，牠雖然是狗，卻很討厭別人摸牠。」

「哎呀，真罕見呢。很難應付是嗎？」

順子一臉遺憾地說。

「直接進入正題吧，那之後有什麼進展嗎？」

「警察那邊沒有任何消息，不過我收到這種東西。」

順子將一封信放在榻榻米上，遞給秋兔。秋兔拿起信封，瀏覽裡面的信。

「是勝次先生寄來的呢。」

順子點點頭。

秋兔看了信，但他沒辦法第一次看就掌握信中內容的意思。

他將打開的信迅速放下到膝蓋附近，讓萩兔也能看見內容。

「呃，一開始寫的是要怎麼跟警察說明對吧。」

順子再次一言不發地點頭。

「然後是失蹤宣言之類的……」

『簡單來說，就是寫著他失蹤之後該怎麼做。』

信上寫著非常詳細的指示，例如向警察報案請求協尋的方法，還有失蹤經過七年後，可以聲請失蹤死亡宣告，屆時就能聯絡保險公司領取死亡保險金等等。

「話說錢已經送來了嗎？」

「已經透過宅配送來了。我們現在因為自願申請破產，只能持有生活最低限度所需的東西，而我先生送來的錢，也是能被認可為生活費的現金九十九萬圓整。雖然覺得這很像我先生一絲不苟又認真老實的行事風格……不過，想到他八成是因為跟女人逃跑的罪惡感才這麼做，我就火大得不得了。」

「可是，我覺得這應該是妳先生的溫柔吧。」

◉註3：「土間」是指室內沒有鋪設地板的地方。

「溫柔？」

順子怒目圓睜。

「我看是罪惡感吧！他覺得自己跟女人跑了對不起我，才會寫這種事情！」

「請……請妳冷靜下來。」

『是哪裡的郵戳？』

「是市內呢。」

秋兔看著信封說。

「雖然不曉得是否很近，但一想到他人在附近，我就──」

順子握緊的拳頭激動地顫抖著。

「這封信可以給我保管嗎？」

秋兔從口袋裡拿出夾鏈袋，同時這麼說道。

「很快就會還妳的。」

順子默默地點頭。

那天就這樣結束了。回家的路上，秋兔邊走邊小聲地跟萩兔交談。

『他該不會是假裝失蹤吧。或許是為了能自願申請破產而藏起財產，搞不好藏了不能告訴任何人的錢。』

「可是她先生是個認真老實的人吧。」

『這麼說的是他太太，也有可能是他們兩人聯手想欺騙我們。』

「我不那麼認為耶。」

『大部分的詐欺師為了獲得別人信任，都有感覺很認真正直的外表。會搞婚姻詐騙的人，無論男女看起來都很老實。』

「原來如此，是這麼回事啊。」

秋兔很輕易地全盤相信萩兔所說的話。

「唔，人類真複雜。話說，主人能追蹤氣味的痕跡嗎？」

『這可難說。但那個郵戳附近有JR的車站，那裡有轟咚在。你知道轟咚吧？』

轟咚是狗的名字。牠也跟秋兔一樣，是一隻有名的名犬。

「知道。主人先走一步的話，狗會很難受的。我覺得狗比人類短命真是太好了。」

『狗的想法還真是不可思議。轟咚每天會準時在早上七點與晚上八點坐在車站前。牠沒辦法停止目送主人出門和迎接主人回家的習慣。』

「美好的回憶會讓人想重溫啊。話說這跟轟咚有什麼關係嗎？」

『從早上七點起的三十分鐘，與晚上八點起的三十分鐘，轟咚一定會坐在車站前。雖然不曉得信是誰寄出的，但一般寄信大多是利用上下班時會經過的郵筒。你仔細看看

郵戳，那是在平日八點到十二點這段期間蓋的。雖然不曉得那女人是否搭乘ＪＲ，但她很有可能經過轟咚附近，去問問看應該會有收穫。』

「轟咚家應該離這裡不遠才對。說是這麼說，大概也得走個三、四十分鐘吧。要去看看嗎？」

『這主意不壞。』

「也就是說要去嗎？」

在秋兔看似開心地說道的同時，萩兔已經迅速邁出步伐。

3

轟咚是混有德國牧羊犬血統的雜種柴犬。牠的身軀巨大且魁梧，但早已經邁入高齡，年紀大到讓人覺得牠每天去車站應該很辛苦。

轟咚是由一對上班族夫婦飼養。這對夫婦長久以來都沒有孩子，丈夫怕妻子寂寞，於是帶了轟咚回家。丈夫在衛生所的收容設施與轟咚相遇，對牠一見鍾情便帶牠回家。轟咚從一開始就很親近男主人。有著巨大身軀的轟咚，彷彿小孩一般黏著男主人不放；

男主人也十分疼愛轟咚，甚至疼愛到妻子會吃醋的地步。

因為牠肚子一餓就會推動放在庭院裡的木箱，發出轟咚轟咚的聲響來討食物，所以被取了「轟咚」這個名字。

男主人一方面是為了健康，是騎腳踏車到車站。不知何時開始，轟咚會跟著他的腳踏車一起跑。就算有時在途中拉開距離，轟咚也一定會在車站前等他。腳踏車會停在車站前的停車場，於是一到傍晚，轟咚便會到那個停車場去迎接主人，等待主人歸來。

牠全年無休地重複這樣的行動。

在男主人被酒駕的汽車給撞死的那天也是。

轟咚早上在車站等待，晚上在停車場等待。無論下雨或下雪，牠每早每晚都等待著男主人。

牠現在也持續那樣的行動。

那天，秋兔與萩兔在傍晚前往停車場探訪在那等待主人的轟咚。兩隻狗早已經見過幾次面，牠們互相嗅了嗅彼此的氣味，然後立刻看似親近地聊了起來。秋兔根本聽不懂小狗間的對話，只有在萩兔主動搭話時，他才能聽懂。

秋兔看著車站前匆忙來往的人群。秋兔變成人而聞不出氣味後，有好一陣子無法分辨誰是誰，為此很傷腦筋。不過習慣之後，他了解到人類的長相、表情、動作和聲音也

是千差萬別，不輸給氣味。明白這點後，光是這樣看著人群流動，就不會感到厭倦。

『喂！』

聽到這聲呼喚，秋兔才想起自己此刻是來這裡做什麼的。他看向萩兔，萩兔叫他過去，他站到萩兔身旁。

萩兔向轟咚簡潔地說明關於秋兔的事情後，看著秋兔說道：

『把那封信拿出來。』

「是的。」

秋兔從背包裡拿出夾鏈袋，從裡面取出信封。

『讓轟咚聞氣味。』

秋兔按照吩咐，將信封遞向轟咚鼻頭。

轟咚聞了聞氣味，然後點點頭。

『可以了。你把信封收起來，到對面等著。』

秋兔唯唯諾諾的，簡直像萩兔忠實的祕書一般。

之後兩隻狗交談了一會兒就彼此道別。

『走吧。』

秋兔在萩兔的帶領下離開車站。

夕陽已經要西下。彷彿熟透了的太陽，有一半沉入地面。城鎮染成橘色。

秋兔感到有點哀傷。橘色的城鎮象徵一天的尾聲。變成人之後，有什麼事情要結束一事，會讓秋兔覺得非常哀傷。

秋兔挑了條沒有人煙的道路行走，因為他想與萩兔交談。

「怎麼樣？知道了什麼嗎？」

『雖然不曉得是星期幾，但聽說那女人會經過那個車站附近。』

「是女人嗎？」

『聽說是那樣。雖然不知道那女人是不是情婦。總之，這麼一來就能確定時段。那女人一到晚上，就會經過停車場附近。我想至少在氣味這方面，轟咚的記憶應該可以信賴。』

「要怎麼做呢？」

『如果是正牌偵探會怎麼做？』

「跟監嗎？」

秋兔看似愉快地這麼說。

『要跟監的話，你自己一個人加油吧。我沒辦法照顧你到那種地步。』

秋兔以可憐兮兮的眼神望向萩兔。

『就說別露出那種眼神吧。你的身體是我的東西，換句話說，你現在的態度也會變成我的態度。我從來不曾露出那種可憐兮兮的表情。』

「對不起。」

『別低頭道歉，給我威風凜凜一點。這之後是你的工作，一個人好好加油。』

「那個，主人會幫忙我的吧？」

『我討厭跟監。』

「這樣子啊。我覺得兩個人一起跟監會很好玩喔。」

『覺得好玩就好，你自己一個人加油吧。只不過也別疏忽了打工啊，不然我的評價會變差的。』

於是從隔天起，秋兔便展開跟監行動。

4

秋兔一個人站在荒野中。

灰色的天空布滿潮濕的雲。

遲早會下雨吧。

秋兔這麼心想，感到十分難過。

這是一場夢。

秋兔也明白這是夢。

也就是所謂的清醒夢。

變成人之後，秋兔作過好幾次這個夢。

「一切都是從打雷開始。」

在秋兔身旁的是萩兔。那個萩兔以人的聲音在說話。

「所以一切會由打雷結束。我不曉得那該稱之為神或命運，但肯定是一種天命。」

——我不要結束。

秋兔這麼說道。

「一切早已經結束了。我那時理應蒙主寵召，但你救了我一命。我的靈魂被你的身體捕捉，你無處可去的靈魂則進入我變成空殼的身體。」

——我們得救了呢。

「你的靈魂十分強韌。你的靈魂、精神與心靈，治癒了倘若是人類已經死亡的重

傷。不過，聽好了，這是天命，開始轉動的命運是無法停止的，雖然託你的福稍微延後了一點。換言之，所謂的結束就是那麼回事。」

——請你什麼都別再說了。沒事的。有我陪著你，我一定會拯救主人，所以請你什麼都……

萩兔說了些什麼。

與此同時，大地轟隆搖晃，突然下起雨。

大粒雨滴敲打在肌膚上，甚至讓人覺得疼痛。

這場雨宛如瀑布一般。

讓人呼吸困難。

彷彿會被雨水淹沒一般。

救救我！

秋兔大叫，從夢中醒來。

全身因為汗水而濕透，彷彿冒著大雨奔跑過。

這裡是車站前的停車場。

秋兔提早用餐後，前來這裡。他向轟咚打了招呼，靠在停車場的欄杆上閱讀文庫本。那是文吾給秋兔叫他看的書，是泉鏡花的短篇集。陌生的詞彙映入眼簾，然後逐漸

被遺忘。秋兔根本看不懂意思，只是望著書而已。不過漢字、平假名與片假名的形狀、排列方式以及節奏十分優美，頻繁出現的注音標示非常惹人憐愛，鑑賞這樣的文字充滿樂趣。

秋兔從不會感到無聊。

不過這跟瞌睡蟲似乎是兩回事，當秋兔回過神時，他已經睡了一覺。大概睡了幾分鐘，這段期間夢見了平常會作的夢。秋兔醒來後會暫時思考這個夢是否有什麼意義，但立刻又忘記。

嗷嗚——後方傳來狗叫聲，是轟咚。

「沒事的，我只是稍微睡一下而已。」

轟咚吠了一聲。

牠並不是在抱怨秋兔睡著一事。

而是在告知秋兔，符合那個氣味的人來了。

秋兔將文庫本收進背包裡。

一名女性經過秋兔眼前。

——是這個人吧？

秋兔以眼神向轟咚確認，轟咚再次小聲地吠了一下。

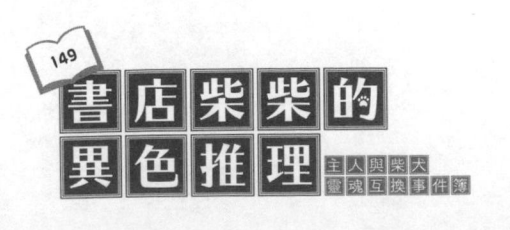

——謝謝你。

秋兔在嘴裡這麼說，並向轟咚低頭道謝後，跟在女性後面追了上去。

那是個無論服裝、長相和態度，一切都很樸素的女性，也沒什麼存在感。倘若是盛夏，感覺她會像奶油一樣融化到背景中。

秋兔手邊有一張失蹤的勝次的照片。秋兔瞄一下照片，感到疑惑，因為感覺跟剛才看到的女性很相似。

他正想思考些什麼，又隨即搖了搖頭。

現在必須專心跟蹤那位女性才行。秋兔一旦鬆懈下來，立刻會對別的事情感興趣而停下腳步。

秋兔發揮他難能可貴的專注力，繼續跟蹤女性。

啊，被她發現了呢——秋兔會這麼想，是因為女人經常轉頭看向背後。

女人在紅綠燈前停下來。

秋兔也在有點距離的地方停下腳步。

號誌變綠燈了，但女人沒有動。秋兔往前踏出半步又停下來。

沒多久，號誌變成紅燈，等待紅綠燈的車子動了起來。

女人看準這個時機，突然拔腿就跑。

汽車喇叭聲響起。

雖然差點被車撞，但女人勉強閃過，穿越馬路。秋兔也想奔跑，但被車子阻擋，無法立刻追上。等沒車之後，秋兔也跑了起來，但女人早已經不見蹤影。他連忙環顧周圍，但沒能找到女人的身影。

『秋兔，這邊。』

咦？秋兔看向聲音傳來的方向，只見萩兔就在那裡。萩兔屁股對著秋兔。秋兔走近一看，發現萩兔將頭鑽入庭院柵欄的縫隙間。

「你、你在做什麼啊？」

『這縫隙實在太吸引人，我忍不住把頭……』

「我懂！我明白的！洞穴還是縫隙什麼的，實在很棒呢。這麼說來，變成人類後我完全忘了這回事。我也在旁邊——」

『蠢貨！人類不會做這種事，應該說，拜託你幫我把頭從縫隙裡拉出來。』

「原來主人是拔不出來啊！」

秋兔看似很開心地說道。

『怎樣都行，快點。』

秋兔將手放在柵欄上，往左右稍微拉開，萩兔的頭便拔出來了。

『什麼事也沒有，你什麼都沒看到。明白吧？』

萩兔瞪著秋兔說道。

「是的！」

秋兔直立不動地這麼說。

『別賊笑。』

被萩兔這麼一吼，秋兔縮起脖子。

『我莫名有種預感，覺得今天能見到那個女人。』

「哇，謝謝主人。」

『好、好，我知道了。』

總算挽回威嚴的萩兔，心情大概變好了。

『好啦，跟我來。』

萩兔說。他一邊嗅著氣味，一邊帶頭邁出步伐。

『是這間公寓。』

那是一棟平凡的建築物，彷彿沒有任何裝飾的箱子。都這年頭了，入口居然不是自動鎖，因此秋兔得以帶著狗順利進入公寓裡。

萩兔到處嗅著氣味。

『她在信箱前停留了一下，然後走向樓梯。大概是考慮到當我們追來這裡時，不想讓我們知道電梯停在哪一樓。走吧。』

一人一狗爬上樓梯。

當他們來到五樓時——

『就是這裡。肯定是這層樓，不會錯。』

他們沿著走廊依序巡視每個房間。來到正中間的時候，萩兔大聲說道：

『就是這裡。』

五〇四號室。

門口掛著宮尾的名牌。

「說中了呢！」

秋兔非常興奮，不禁大叫出聲。

秋兔與萩兔四目交接，點了點頭後，按下門鈴對講機的按鈕。

屋內沒有回應。

『按到有人回應為止。』

秋兔有節奏地按著按鈕。他在按按鈕的期間，逐漸感受到樂趣，持續不斷地按著門鈴。

『請你別按了。』

從對講機傳來女性的聲音。

「啊，我是受宮尾夫人所託前來拜訪，可以讓我請教一些事嗎？」

門稍微打開一點但仍掛著門鏈，那個樸素的女人從門後戰戰兢兢地探頭張望。

「有什麼事嗎？」

即使對方一臉困擾的表情，秋兔也毫不氣餒。他從縫隙間窺探著房內說：

「在這裡說話不太方便，我可以進去嗎？」

女人看向待在秋兔後面的萩兔。

『我在這裡等。』

「我會請牠在這裡等，不要緊的。」

女人思考了一陣子，然後說道：

「請進吧。」

秋兔進入房裡後，女人連忙關上門。

「那麼，你有何貴幹？」

「妳是不是認識這個人呢？」

秋兔遞出勝次的照片。

他模仿以前在電視上看過的刑警動作，以為這麼做或許可以讓自己看來像個刑警，但當然不像。

「我不認識。」

女人冷淡地這麼說，根本沒有仔細看過照片。

「這個人叫做宮尾勝次，他跟妳同姓呢。」

女人只是沉默地點了點頭。

「容貌也很相似。喏，請妳仔細看看。」

「你到底想問我什麼？」

「勝次先生目前下落不明，所以他太太……」

秋兔沉默下來。

「他太太怎麼了嗎？」

「他太太非常生氣呢。也就是說，她懷疑先生可能搞外遇。」

秋兔有點猶豫這些話是否能說出來，但他無法撒謊。

「她懷疑外遇對象是我嗎？」

秋兔發出「嗚嗚」的沉吟聲，又暫時陷入沉默。

「我覺得不是那樣子。見到妳本人後，我覺得妳看起來不像是會做那種事的人。

呃，該怎麼說才好呢？妳看起來像是無法做壞事的人喔。」

女人看似寂寞地笑了。

「你是偵探嗎？」

秋兔搖了搖頭。

「那為什麼會做這種事？」

「因為宮尾先生的太太來拜託我。」

「只要有人拜託，你什麼都會做嗎？」

「不會。可是，我實在很同情他太太，希望能幫她一些忙……」

「你真是個怪人。」

「我是個怪人嗎？」

女人又輕聲笑了。

「我也覺得你不是壞人，但很抱歉，我什麼都不能告訴你。」

「這樣啊。」

秋兔大失所望地低下頭，嘆了口氣。

「雖然宮尾太太的確很生氣，但我覺得這都是因為她其實非常擔心勝次先生。所以，該怎麼講呢？如果有能告訴她的消息，我希望能告訴她。呃，妳有在工作嗎？」

「我在一間小醫院當護士。」

「大概都這個時間回家嗎？」

「對。有問題嗎？」

「我可以再來拜訪，問妳一些事情嗎？」

「不管你來幾次，結果都一樣。」

「嗯，但就算這樣，我還是想來。即使不行，我還是想在某些方面派上用場。」

秋兔最後鞠躬說了聲「請多關照」便離開，閒著沒事做的萩兔在門外等著。

秋兔解開繫在玄關的牽繩，拿在手上。

『結果怎麼樣？』

「她什麼也不肯告訴我。但我覺得應該不是毫無關係，她在隱瞞些什麼。」

『既然這樣，下次帶晴子過來吧。』

「咦？帶晴子小姐來嗎？為什麼？」

『因為那傢伙很生氣。』

「生氣的話，她就肯告訴我們了嗎？」

『如果是你的力量不管用的對象，說不定換晴子來比較好。』

「是要恐嚇她嗎？」

『不是。要是告訴你詳情，你會全部洩漏出去，所以我不能再告訴你更多了。』

「沒那種事啦，我也是能隱瞞事情的。」

『就算是那樣，總之你還是拜託晴子，請她一起來。』

5

「我要殺了她。」

秋兔告知事情後，晴子第一句話就是這個。

秋兔非常後悔。雖然後悔，但已經無法阻止晴子。

此刻，秋兔被迫坐在晴子車子的副駕駛座上，前往女人的家。今天是平日。儘管如此，晴子還是拜託七子顧店跑了出來。秋兔為此向七子道歉了好幾次。

「見到那女人後，我可以揍她嗎？」

晴子講出危險發言。

「當然不行啦。」

「可是，我的拳頭已經按捺不住了，它渴望正義的鐵拳制裁。」

「妳在說什麼啊？算我求妳，請不要使用暴力。」

「就說了這是正義的鐵拳制裁吧。」

「不管是正義還什麼，總之不能揍人。要是妳那麼做，我會報警喔。」

「你想威脅我？」

「不管對方說了什麼，都不能揍人。」

「嘖！」

晴子彷彿大人不肯買玩具給自己的小孩般噘起嘴。

「我說啊，晴子小姐應該是個具備常識的人吧？如果我做了傻事，晴子小姐會阻止我吧？」

「那當然，我會阻止你做傻事。」

「揍人也是一種傻事。」

「我覺得那要看情況。」

晴子以意外嚴肅的表情這麼說。

「妳認真地這麼覺得嗎？」

「我很認真，這世上有些人要挨揍才會開竅。」

「真的嗎？那只是覺得要說明或說服對方很麻煩而已吧？」

「才不是那樣，等你年紀再大一點，也會明白的。」

「我不明白。如果明白那種事情才是大人，我這一輩子都不會變成大人。」

秋兔覺得自己說了金玉良言，但晴子的表情一點也不像是佩服的樣子。

「啊，就是那一棟。」

秋兔伸手指示。

那是一棟與街景不搭調的五層樓老舊公寓，晴子將車子靠到路肩停車。

「那麼，我們衝進去吧。」

「晴子小姐，不可以握緊拳頭。」

「這只是繃緊神經的表現而已。」

兩人沿著生鏽的鐵製逃生梯爬到五樓。

「就是這裡。」

兩人站在掛著宮尾名牌的房間前。

晴子以彷彿要在那裡鑽洞般的氣勢按下門鈴對講機的按鈕。大門立刻打開，因為他們有事先打電話聯絡。

「用不著按那麼急啊。」

晴子推開這麼說的女人，進入房裡。

「打擾囉。」

晴子不客氣地走進屋裡，女人隨後跟上。

「妳跟這件事有什麼關係嗎？」

「我在電話裡說過吧，是順子夫人拜託我們的。」

「所以我說了好幾次，我跟那男人沒有任何關係。」

「外遇到底是按怎啦！搞什麼外遇！」

晴子因為太激動，甚至冒出方言。

她根本沒在聽對方說話。站在她身後的秋兔小聲地低頭道歉，直說對不起。女人隔著茶几跪坐，晴子也在她正面坐下來。秋兔心想，晴子應該無法從那個位置突然就衝上前揍人吧，便在她身旁坐下。

「哪有什麼外遇，我跟這件事沒有任何關係。」

女人瞪著晴子這麼說。

「妳掛著宮尾的名字，在說什麼啊？妳一定也被騙了啦。會搞外遇的男人打從一開始就無法信任。不管妳怎麼包庇勝次，他都會背叛妳的。無論怎麼想，那個叫勝次的男人都是個人渣啦，人渣。做為一個人類是最差勁的傢伙。居然在情況這麼艱辛的時候，留下順子夫人一個人逃跑。他兒子也說想要痛毆他一頓呢。這也難怪，畢竟在大家傷腦

筋的時候，最可靠的人竟然在外面養女人且逃跑了。這種行為根本是犯罪啊。如果警察不插手，我真想自己痛扁他一頓。那個叫勝次的男人是不折不扣的人渣啦，要是他已經在哪裡橫屍街頭，簡直是活該。」

晴子不停痛罵，秋兔抓著她的袖子拉扯了好幾次想制止，但光是這樣，她的咒罵不會停止。晴子不斷用粗魯的言詞謾罵勝次，甚至讓人覺得她能用那些話語殺掉對方。

沒過多久，女人的表情變了。她一開始露出害怕的表情，但眉頭逐漸深鎖，嘴角漸漸下撇，且氣憤地瞪大雙眼。

她在生氣，而且不是普通生氣，而是非常憤怒，打從心底感到火大。

照這樣下去，可能會發展成互毆的局面。秋兔這麼心想，擔憂地觀察著兩人的樣子。女人滿臉通紅的臉色逐漸變得蒼白，她氣憤到臉上失去血色。

「妳給我差不多一點！」

女人怒吼一聲站起來。

秋兔還有晴子都擺出警戒的姿勢。

「勝次才不是那種人。」

「啊！」

秋兔不禁發出叫聲，晴子也一臉驚訝地僵在原地。

「我乖乖聽妳說，妳就得意忘形起來。妳又知道勝次的什麼？你們不懂那人是多麼替順子著想嗎？啊啊，好不甘心。」

女人扭動身軀。

「我受不了了。我要說出來，為了勝次的名譽，我要說出來。他生病了，是已經末期的胰臟癌。就算這樣，他還是為了家人，拚命思考最好的方法。妳怎麼可以批評這樣的勝次。」

她的眼淚撲簌簌地落下。

「請、請問，妳究竟是勝次先生的……」

秋兔開口詢問。

「我是勝次的姊姊。」

「什麼！」

這回叫出聲的是晴子。

「慢點，請妳先坐下來。這是怎麼一回事呀？」

大概是怒吼出聲後，身體放鬆下來，女人彷彿斷線的木偶般，癱軟無力地坐倒在地上。

「他覺得身體狀況很差就去看了醫生，結果醫生說他罹患末期的胰臟癌。」

在胰臟發現兩公分大的惡性腫瘤，癌細胞開始滲透到周圍的血管，從淋巴腺轉移到周圍，已經沒救了。

「所以勝次思考著該怎麼做。不巧的是為了還錢，保險已經解約。治療要花一大筆錢。就算在家裡療養，如果立刻死掉還好，但時間拖得愈長需要花愈多錢。如果事情演變成那樣，已經獨立的獨生子也會想要設法幫忙。可是，他的小孩前陣子才出生，現在明明光自己的事情就忙不過來了。這讓勝次無法忍受啊。」

勝次也考慮過自殺，但他覺得自己要是自殺，順子和兒子可能都會後悔，抱有罪惡感。那樣可能也是一種地獄。

勝次絞盡腦汁思考後，想到的是上演一場失蹤劇。

辦完自願申請破產的手續後，債款問題大致已經解決了。在償還能還清的錢時，勝次湊到了九十九萬圓的現金。

除了已經解約的保險，勝次另外保了個定期壽險，每個月只要支付一點保險費。這種並非儲蓄型的壽險，就算已申請破產也沒問題。不過自殺的話，壽險很少會理賠。就算過了免責期間，因為受債款所苦而自殺，也是領不到保險金的吧。如果是病死當然可以領保險金，但為此在死亡之前的期間，叫家人不要替自己治療，那也是不可能的。

所以勝次決定搞失蹤。他決定逃到別的地方一個人等死。只要他死掉，儘管是杯水

車薪，也能領到保險金。因此他才默默地離家出走。

「但既然如此，為什麼他不說出來呢？為何故意裝成跟女人跑掉的樣子？」

女人打斷晴子的台詞，開口說道：

「他是想惹順子生氣。」

「為什麼要那麼做？」

「妳想想看吧，倘若知道丈夫是為了獨自尋死才不見蹤影，會是怎樣的心情？會拚命找人吧？如果知道他是為了留錢給家人，才選擇跟自殺沒兩樣的孤獨而死，妳會怎麼想？」

話雖如此，但要一直看護明知會死的人也很難受，時間拖得愈久愈是辛苦，也需要花錢。這樣順子得外出賺錢，但家裡有病人在。假如這種狀態長期持續下去，會變成什麼情況？常聽說有人殺了一直在看護的父母，勝次無法容許自己招來那種不幸。就算沒有變成那種情況，肯定也會給兒子添麻煩。

「他認為最好的辦法就是惹他們生氣。悲傷和罪惡感會害死人，但憤怒會成為活下去的力量。勝次是這麼說的。」

責怪逃走的人會讓他們產生活下去的力氣，勝次是這麼想的。

「對不起。」

晴子低頭道歉。這次換晴子變了臉色。

「我根本不知道這些事，就說了很過分的話。」

「姊姊，勝次先生現在人在哪呢？」秋兔問。

「我也不曉得。我沒問他。」

「有沒有什麼線索？」

「不能去找他，因為這就像是勝次的——我弟弟的遺書。請讓他扮演壞人到最後一刻吧，他就是抱持著那樣的覺悟離家出走。」

秋兔暫時陷入沉思。

「我腦袋不怎麼聰明，所以不太會表達，但那樣是錯的。無論是誰，在死亡時都想跟家人、跟喜歡自己的人待在一起。而且家人也是。如果是真心喜歡的人，無論發生什麼事，應該直到最後一刻都想待在一起。」

「那都是漂亮話。勝次跟我都照顧父母到最後一刻，所以非常清楚。長期臥病在床的人，到最後只是在等死而已。察覺到自己有那種想法，也會很難受吧？」

「可是，既然要扮壞人，乾脆讓家人看護，讓他們討厭自己不就好了嗎？而且醫生說已經沒救了吧，那麼，時間應該不會久到讓家人煩惱的程度吧。」

「喂！」

晴子啪一聲地敲打秋兔的膝蓋。

「這樣很沒禮貌。」

「咦，是這樣嗎？」

「就是說啊。」

「啊，對不起，我真的是個遲鈍的人，老是挨罵。」

「不，我剛才那句『就是說啊』，是覺得反正都做好覺悟要當壞人背負罵名，乾脆給家人添麻煩還比較好也說不定。」

「對吧？」

秋兔的表情開朗起來。

「我說得沒錯吧，就是這樣啊。」

「的確，醫生都說他是癌症末期，來日不多，拿這種情況跟長期看護相比也很奇怪。看到一臉憂鬱拚命尋死的勝次，可能連我都變得不正常了。」

「對，就是說啊，妳說得沒錯。」

秋兔得意忘形地直說「沒錯沒錯」。

「這個男人，」晴子看向秋兔說：「雖然是個怪人，但有時會說些很正經的話。我也覺得萩兔剛才說的話沒有錯。話說回來，我什麼事情都不知道，就說了一堆很過分的

話，真的很抱歉。」

晴子將手貼在榻榻米上，低頭道歉。

「沒關係，請妳抬起頭吧，我很清楚妳也是擔心順子才會那麼說。」

「為了贖罪，我去找出勝次先生並說服他吧。」

晴子突然這麼說。

「勝次這人很頑固，要說服他應該沒那麼簡單。」

「我要做。我會說服他給你們看。這就是我的賠罪。」

「晴子小姐、晴子小姐。」

秋兔這麼呼喚並拉扯晴子的袖子，但晴子甩開他的手，開口說道：

「妳想得到他可能在哪裡嗎？」

「毫無頭緒呢。他幾乎身無分文，應該沒閒錢去住飯店才對。大概是露宿或採取類似的行動，打算等他死了再被人發現吧？」

「露宿是嗎？」

晴子看著遠方陷入沉思，大概是在腦海中尋找能露宿的地方。

「有那種地方嗎？感覺沒什麼地方可以露宿呢。而且這個季節晚上還很冷。啊，對了，可以借我勝次先生的私人物品嗎？可能的話，希望是他直到最近平常都會使用的東

西。」

「平常會使用的東西嗎？稍等一下喔。」

女人站起身，消失到房間裡頭。

「妳該不會是想借用主……借用萩兔的力量吧？」

「你說得沒錯。」

「萩兔很可靠呢。」

「對啊，至少比你可靠。」

「是的，就是說啊。」

「你為什麼好像很高興？」

「被稱讚當然很高興啊。」

「我絲毫沒有在稱讚你喔。」

「是的。」

儘管如此，秋兔還是看來很高興的樣子。

「這個怎麼樣？」

女人拿來的東西是錢包。

「他裡面的卡片等東西都沒動，就這樣留下了錢包。他說帶著這種東西會留戀世

間……」

「不要緊的。」

晴子接過錢包，交給秋兔。秋兔從背包裡拿出以備萬一帶來的夾鏈袋，將錢包放進夾鏈袋裡收起來。

「我們一定會找出他，將他拖到順子夫人面前。請等著吧。好啦，我們走。」

「是的！」

秋兔活力充沛地回應，也站了起來。

「謝謝你們，謝謝你們。」

女人深深鞠躬，目送兩人離開。

6

「混帳！」

晴子怒摔話筒，彷彿那樣能傷害到對方。

「怎麼啦？」

在店門口抽菸的文吾，打開玻璃門問。因為店裡禁菸，文吾平常都是在店門口放一張板凳，坐在板凳上抽菸。

晴子列舉出暢銷作家備受期待的新作名稱。

「哪有什麼怎麼了。」

「對方說那個不會進貨。」

「中盤商說的嗎？」

「那當然。不會進貨是怎麼一回事啊？上一部作品拍成了電視連續劇，新作品也在出版前就決定要拍成電影，想也知道這種作品進多少就能賣多少，所以我很早之前就下訂單了。」

「妳的確是下訂了。」

「但對方說不會進貨。」

「一本也不會進嗎？」

「只會進五本。光是預約明明就有十五本，居然只進五本。我說啊，要是在大型書店，人家進的量可是堆積如山呢，還會平鋪在檯面上，但這裡卻只能拿到五本是怎麼回事？天啊，氣死我了。我們可是努力販售平常賣不出去但覺得有意義的書，也創下不錯的業績喔。因為我覺得小鎮書店能辦到的事情就是這些。但不管我們再怎麼努力，都會

像這樣被欺凌的話，我不幹了，書店關門吧。」

「我不會阻止妳。」

文吾將香菸塞進隨身菸灰缸，進入店裡。

「客人預約不夠的份，請出版社直接寄送就行了。」

「是沒錯啦，但那麼做就需要運費呢，我們做生意的利潤原本就不多。」

運費一般是由書店負擔。

「笨蛋，妳在說什麼啊。這塊土地曾讓新井白石說出『加賀是天下的書府』這句話喔，只要想想在這裡經營書店的意義，就算撕裂了嘴也不該說那種話。我們做的事情或許微不足道，但市井小民能做的事，就是慢慢累積這種微不足道的努力。就算辛苦難受，但只要這麼做，便能稍微往前邁進。」

「我知道啦。就算這樣，爸爸，小鎮書店不管在哪都被隨便對待，照這樣下去，最後可是會消失無蹤喔。你知道現在每年有多少書店消失嗎？」

「我當然知道，妳以為出席理事會的是誰？」

「這還真是失禮了。」

「一般認為，加賀第三代藩主利常把文化當作武器來作戰。這就是我們的戰鬥。正因為有這樣的覺悟，才會一直經營只有一丁點利潤的書店，不是嗎？我們可不是單純在

販售物品而已。」

「您所言甚是。」

一直靜靜聽著文吾說話的晴子鞠躬表示敬佩。

「那麼，嗯，總之就是這樣——」

晴子正想開溜時，送完貨回來的秋兔打開了門。

「你們好像聊得很開心呢。」

「也沒有很開心啦。總之，歡迎回來。」

「姬川先生，這個。」

秋兔將收款袋直接交給文吾。

「今天沒有未收回的賒帳。」

「這樣啊、這樣啊。」

文吾宛如慈祥的老爺爺般接過貨款，退到裡頭的房間去。

「謝啦，你來得正好，還差一點他就要開始講述從前田利家入城到現在為止，長達四百三十多年的加賀歷史了。對了對了，這個。」

晴子從櫃檯裡拿出放在夾鏈袋裡的錢包。

「最近偷懶太多天，我今天好像沒辦法去了。不好意思，萩兔你代替我去吧。」

「去哪裡？」

「當然是去找勝次先生啦。」

「可是我的工作也還沒做完耶。等全部解決之後，我們再一起出門吧。」

「很可惜，今天有公會的讀書會兼餐會，我已經說了要代替爸爸出席。好啦，小秋已經來接你囉。」

不知不覺間，萩兔已經坐在店門口。

「咦，七子小姐呢？」

「她在裡面的房間整理收據。今天沒有很忙，之後的事我會請七子妹妹幫忙，你就放心出門吧。七子妹妹很高興能跟我爸在一起，所以沒問題的。別擺出一臉擔心的表情，我有好好跟大家說明。雖然被我爸說『萩兔不是妳的私人物品』。」

「伯父說得真對，妳好自私。」

「求求你。」晴子雙手合十拜託，「請你幫我妥善處理我的失敗。」

「總覺得難以釋懷耶。」

秋兔一臉疑惑，晴子使勁推動他的背說：

「你快去快回吧。」

結果秋兔被趕出書店。

『你太會使喚人了。』

在外頭等著的萩兔這麼說。

「使喚人的不是我，是晴子小——」

『閉嘴，我叫你別開口吧。』

是的——秋兔沒有出聲，只是張了張嘴。

萩兔邁出步伐，秋兔則拉起牽繩。繫牽繩不是為了萩兔，是為了避免秋兔走丟而強制他拉著。

『你叫晴子不要老是想讓我嗅聞味道。』

今天早上，晴子想強硬地逼萩兔聞勝次的錢包。

「她感嘆地說：『小秋是不是討厭我呢。』」

『別叫我「小秋」。還有幫我轉告晴子：「沒錯，妳被討厭了。」』

「那種話我說不出口。」

『我叫你別開口吧。已經忘了嗎？』

秋兔搖搖頭。

『好啦，我要說明接下來的事情。露宿說得簡單，但最近就連狗都很難在城鎮裡遊蕩，更何況是人要找過夜的地方，選擇可是相當有限。就算是流浪漢，數量也急遽減

少。而且，他們以新幹線通車為契機，從車站前消失了。就算在公園睡覺也會被通報，這表示要是有人在戶外睡覺，會相當引人注目，也就是很好找。尤其要逃離我們狗的情報網，更是難上加難。』

「找到人了嗎？」

萩兔點了點頭，回應秋兔雀躍的聲音。

「狗的情報網真厲害呢。」

萩兔變成狗後，一直持續建構的小狗情報網，用來找人十分萬能。

社會心理學家斯坦利．米爾格倫以單純的實驗證明，世界比人們所想的更狹窄。根據那個實驗，實際證明只要透過六個認識的人，就能聯繫到全世界的任何人。被稱為「六度分隔理論」的這種現象，後來藉由萩兔所學的網絡科學，獲得了數學上的證明。

萩兔從變成柴犬的那天起，就透過田野工作來調查狗的網絡。是由誰支配？又是誰被支配？這種關係強烈或薄弱？狗如何互相傳達情報？萩兔分析這類事情，已經將大半的網絡解析完畢。能在短時間內完成這些解析，是因為狗的網絡十分密集，而且關連性比人類更單純。

透過這種狗的情報網，便接獲勝次的目擊情報。

『末廣町的戴比在卯辰山的入口附近目擊到陌生人。我們的鼻子能嗅出病人。你記

得那種感覺嗎？』

「啊，這麼說來，我好像有印象。」

秋兔的眼神游移不定。他完全不記得了。

『雖然也要看患病部位，但大部分癌症到末期，肯定都會發臭。戴比找到的男人發出了那種末期癌症的氣味。那是五天多前的事。看來他似乎在展望台附近過夜，我們現在就是要前往那裡。』

「離姬川書店沒有很遠呢。」

『閉上嘴走吧，祈禱不是白跑一趟。』

7

秋兔在卯辰山展望台的廁所很輕易地找到勝次，他正在洗手台前洗臉。

他簡直就像一具木乃伊。大概是一直穿在身上的襯衫緊黏著的身體，宛如用舊紙張製作的骸骨一般。

「勝次先生，你是勝次先生對吧。」

秋兔這麼說，於是男人用毫無光芒的雙眼茫然地望著秋兔，大大嘆了口氣說：

「已經被發現了嗎？你是哪邊的討債人呢？話先說在前頭，就算你把我倒吊起來搖晃，也挖不出任何東西。」

「不是那樣的。我是受順子夫人所託，在尋找你的下落。」

勝次用髒掉的毛巾緩緩擦臉後，開口說道：

「……我不認識你說的人。」

「你在說謊對吧。你看這個。」

秋兔拿出放在夾鏈袋裡的錢包。

「這是你的對吧。」

「……是我姊告訴你的吧。」

秋兔點了點頭。

「這樣啊。我可以坐一下嗎？」

「請坐請坐。」

勝次朝地面緩緩彎腰，秋兔幫了他一把後，自己也坐下來。

「好啦，我們一起回去吧。順子夫人很擔心你喔。」

「那可不行。」

「我聽令姊說了，你覺得與其讓家人擔心，不如惹他們生氣。」

「你說得沒錯。算我拜託你，能不能讓我就這樣安靜地死去？反正只剩下一丁點時間而已。」

勝次緩緩低頭請求。光只是這樣，也彷彿做了一件很費力氣的工作。

「不行喔。」

秋兔盯著勝次的臉看，他的眼神十分直率。被他這樣看著，內心若有一點愧疚，就會忍不住移開視線。

「既然都要扮壞人的話，請你當一個給太太添麻煩的壞人。無論發生什麼事，重要的人依然很重要。如果你覺得自己來日不多，反正很快就會過世，哪怕給人添麻煩也只是一下子而已吧？」

『喂，你說得太過火了。』

萩兔吠了幾聲，但秋兔彷彿沒聽見似地繼續說道：

「既然如此，請你盡量給家人添麻煩，讓他們覺得已經受夠了，而不是用那種謊言讓他們覺得不快。而且，勝次先生也是這麼期望的吧？雖然我的腦袋不怎麼聰明，但也懂得這種程度的事情。如果不明白這點，勝次先生就比我還愚笨。」

『喂，別說了。』

萩兔又吠叫起來。勝次用宛如枯枝般的手指撫摸著萩兔的頭，開口說道：

「沒有人喜歡被家人討厭的。」

「那你就回家嘛。這種做法是錯誤的啦。」

勝次泥土色的臉上，彷彿有水滴掉落一般，滲出了笑容。

「謝謝你。但是……」

勝次突然像是身體失去重心一般，倒落在地。

秋兔扶住他差點撞上路面的頭部。

「勝次先生！勝次先生！」

『叫救護車，秋兔。』

萩兔吠叫。

之後被迫等了三十多分鐘，救護車才總算伴隨著不吉利的警笛聲抵達。

看到趕來病房的順子，秋兔心想所謂的嚎啕大哭就是這種情況吧。

勝次沒事，當然身體並非是能說沒事的狀態。秋兔與晴子說明了一切後，加上立刻趕來的勝次姊姊，大家一起痛哭流涕。

秋兔覺得這樣很好，這樣才是正確的。儘管如此，前來造訪的依舊是「死亡」。

無論是順子、勝次的姊姊還有來探病的勝次兒子夫婦，大家都知道目前雖然看起來像是圓滿的結局，但並非那麼一回事。即使知道，還是茫然認為這應該算是最好的結局了。

人在面對死亡時會有什麼想法呢？會感到害怕嗎？或是覺得寂寞？還是值得高興？在這之前，秋兔不曾思考過關於死亡的事，如今一旦思考起來，就停不下來。

死掉會變成什麼樣子呢？

同樣的話語在腦海中轉來轉去。

被送到醫院六天後，勝次斷氣了。

秋兔去參加了葬禮，看見躺在棺材裡的勝次表情。那無庸置疑是死者的表情，靠近也會聞到死亡的氣味。順子和勝次的姊姊，還有首次見面的宮尾兒子夫婦，都淚流滿面地對秋兔表示感謝。能夠幫上別人的忙，讓秋兔由衷高興。秋兔認為高興的話會到處蹦蹦跳跳以表示開心，但這次有什麼東西彷彿尖刺般刺在某處。這是秋兔首次體驗到何謂無法坦率地感到高興。

隔天，秋兔發了四十度的高燒，臥病在床。

卷四

關於狗與貓的感情

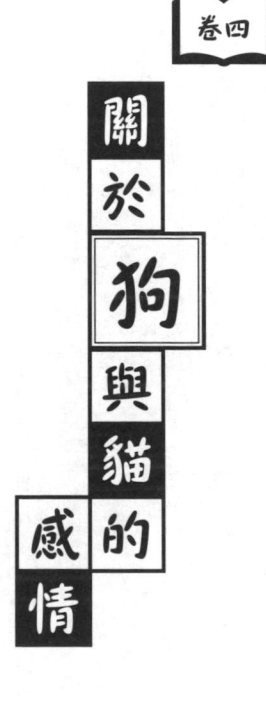

1

心情焦躁得不得了。

沒有一件事是順利的，連一步也無法往前邁進，不動的話會沉淪下去。就算愛人也不會被愛，被愛是種困擾。每件事都無法隨心所欲。走到盡頭，停下腳步，遲早會溺死。

不，不對。有火焰，只有火焰能隨心所欲地操縱。

我這麼心想，將小道具收到包包裡。看了看手錶，發現剛過九點。一到晚上，路上就沒人了，正因為路上沒人，才會引人注目。在這種場合，裝扮成觀光客是最理想的情況，為此我才買了旅行包。

最近到處都設置監視器。為了避開監視器，必須先熟知它的位置。金澤市內的監視器位置我大致都掌握了，用來避開監視器移動的地圖也已牢記在腦中。假如這樣還是有怎樣也無法通過的地方，我就會用油漆噴監視器鏡頭，或是用長棒子改變監視器的角度。一切都是為了火焰。

我從小就喜歡火焰。怎麼做火焰才會變大？怎麼做火焰才會開心？思考這些事是我唯一的樂趣。

火焰惹人憐愛。它彷彿貪吃的小嬰兒，什麼都吃。吞噬一切，變得巨大。我像是在餵食寵物，給予火焰飼料。小型火焰吃了香蕉水後，猛然變大。稀釋劑沸點很低，是最棒的燃燒加速劑。火焰很開心，它蹦跳、飛騰，舞動起來。

我深愛火焰。它是我的愛犬，我的摯友，同時是戀人。

那麼，要怎麼做？

我邊思考邊摩擦火柴，注視著微弱的渺小火焰。一點點的風讓火焰宛如稻穗般搖晃。我試著用手遮住，並燙了一下手指，在炎熱即將轉變成痛楚前遠離火焰，火焰彷彿在追趕似地伸長。

啊，啊。

火焰實在太惹人憐愛，我不禁發出聲音。我已經無法忍耐了，那種衝動就類似看到在地上翻滾的小狗，會反射性地想跟牠玩耍。

我將變短得快碰觸到手指的火柴棒放入菸灰缸中。菸灰缸裡有裝水。

火焰發出「咻」的聲響熄滅。

我來到外頭。

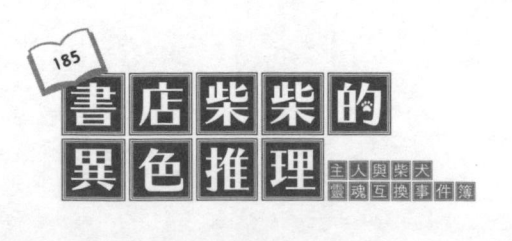

就這星期的天氣預報來看，這幾天是晴天。我想準確知道這一帶的天氣，因此訂閱了需要付費的天氣預報網站。

我討厭下雨。

我討厭水。

我討厭濕氣。

儘管如此，我仍舊來到這座多雨的城市，這是因為我判斷這裡是縱火慣犯不會靠近的土地。

我將必要的物品塞入旅行包並拿起，旅行包是可以手提的大小。要是拖著行李走會發出巨大聲響，所以我用手拿著。我已經花了好幾天勘查城市。

我沒有與任何人相遇，沿著預定路線前進。距離目的地還要二十七分鐘，這是我測量過好幾次的平均值。我決定回程稍微加快腳步。

我進入有些狹窄的私人道路，道路寬度是消防車不曉得能否進來的路寬。路上停著摩托車與腳踏車，所以緊急車輛要進入應該很花時間。

這條路的盡頭就是目的地。雖然一樓是車庫，但沒有停放汽車，那裡成了單純的倉庫。畢竟是在這種狹窄的私人道路裡，這也是當然的。車庫前設置著簡單的鐵欄杆。鐵欄杆很矮，能輕易越過。其實也用不著越過，它根本沒有上鎖。

我打開鐵欄杆進入車庫，裡頭堆放著許多塑膠收納箱，此外還有三輪車、腳踏車、健身器材與功成身退的暖爐。水泥牆看起來發黑，大概是燈油漏出的痕跡。

我將一旁的成捆舊報紙稍微靠近燈油的痕跡，從包包拿出裝滿燈油的寶特瓶，將燈油稍微灑在報紙上，然後點燃香菸。香菸燃起紅色火焰後，我撕下濾嘴部分放入口袋，將火點燃的那端扔到報紙上。

燈油不會像稀釋劑或汽油那樣猛烈燃燒，在燃燒起來前，要花上一段時間。

我趁這段時間趕忙離開現場。其實我很想一直待在現場觀察，但不打算為此冒險。快步離開現場時，心跳才總算加速起來。

火在燃燒，火在燃燒。

光是想著燃燒起來的火焰，心情就更加激昂。

不過——暫時停止為了自己縱火吧。

正因為有這樣的自制心，我才能一直不為人知地縱火至今。

下次要縱火的話，得因工作才縱火。

按照計畫順利進行的那個，是比往常更大規模的機關。雖然想避免增加相關人士，但情況演變至此也難以避免。或許又得因此離開這座城市了。不，肯定會變成那樣，沒想到那傢伙會來到這種城市。

我思考著許多事，在夜晚的城市中快步趕回家。沒多久便聽見遠方傳來消防車的警笛聲。我已經算好那只會演變成小火災，警笛聲應該很快就會安靜下來。

我走了一段適當的距離後，停下腳步，抬頭仰望沒有月亮也沒有星星的夜空，大口深呼吸，然後側耳傾聽警笛聲，就宛如舔舐沾在盤子上的醬料一般。

2

打從進入店裡前，文吾就在抱怨。

「不管模仿得再怎麼像，新的店就是新的店。算了，我大概可以想像店家會端出什麼東西。」

白雪的活動熱鬧地結束，大家是來參加慶功宴的。平常是由姬川書店指揮舉辦慶功宴，但這次全程由白雪指揮，他邀請了所有相關人士。

「受人邀請還講這種話，很不可取喔。」

這麼說的是壽久，於是文吾的矛頭轉向壽久。

「話說，你怎麼會在這裡啊？」

「我是受邀而來的。畢竟我兒子承蒙你關照，我想說來打個招呼。」

「事到如今還要打什麼招呼？你平常總說自己很忙，我看你可以回去了。」

「邀請我在先，卻突然叫我回去，是怎麼一回事啊？」

「就是這麼一回事。」

文吾歪嘴模仿壽久說話，進入店裡。他要壽久回去並不是認真的。兩人是摯友，從小學到高中畢業為止一直是同學。不過，壽久離開父母身邊前往東京，就讀東京的大學；在東京學習工作後，以父親生病為契機回到金澤。喜歡新玩意兒又經常擺出暴發戶態度的壽久，與個性客氣又謙遜、天生就是個金澤人的文吾，從以前就是鬥嘴的伙伴。

晴子、七子和秋兔三人，與這兩人一起被邀請到保留著藩政期街景的主計町茶屋街的日本料理店，連同白雪在內的六人被帶到店裡的包廂。

兩人沒有在白雪面前繼續爭吵，但小菜送上桌，喝了倒在雕花玻璃杯裡的銘酒後，他們又開始了。

「金澤真的有很多美食呢。」

白雪這麼搭話。壽久回應：

「畢竟這裡有豐富的食材嘛。金澤人真的很喜歡吃喔。」

「什麼叫很喜歡吃啊。」

文吾嗆聲。

「我又沒說錯，你討厭吃嗎？」

「我跟你這種只要能吃什麼都好的人不一樣。」

「我也不是什麼都說好吃吧。」

「這種吟釀酒你不是喝得挺開心的嗎？」

「你也是從剛才就一直猛灌啊。」

「問題就出在這裡。這可不是水喔，如果是正常的酒，怎麼可能那樣猛灌？如果能這樣喝，那就不是酒，而是水啦。」

「嗯，的確，我覺得酒應該再甜一點，還要有種香醇的滋味才好喝。不過，這也要看個人喜好吧。尤其最近流行容易入口的吟釀酒——」

但文吾打斷壽久的話說道：

「就是愛討好最近的流行，金澤的文化才會衰退啦。做人要有原則，不受外界影響，守護應該守護的事物。但就算我這麼說，去東京晃了一下就變成東京腔回來的人，大概什麼也不懂吧。」

「結果又扯到這個？我可是在這裡出生長大的人，只因為我去了一下東京，就把我當成外地人是怎麼回事？」

「直到沒多久前都不在這座城市的人，突然跑回來，然後說我是最替這座城市著想的人，這讓人沒辦法予以肯定呢。」

「所謂的愛故鄉，不是說待的時間愈久，感情就愈深吧。」

「就算你用標準話講這些，也絲毫無法打動人心。」

「那只是鄉下人的偏見。」

「我的意思可不是我討厭標準話，而是說明明在這塊土地出生、在這塊土地生活，卻使用標準話這點很奇怪。」

「我老爸也講了一樣的話喔，結果把老店伏部製箔逼得在第五代就歇業了。講這種話的人是沒有未來的啦。」

「聽你講話會讓人愈來愈煩躁耶。」

「那一定是你缺乏鈣質。」

「什麼鈣質啊。」

在兩人鬥嘴期間，料理接連端上桌。就算不曉得是茶會的緣故而帶來豐富且纖細的美食文化，大眾也能明白食物的美味。而且，觀賞眾多成套的九谷燒餐具也十分有趣，讓料理顯得更加出色。

「真虧他們能邊吃這麼美味的東西邊吵架。」

晴子這麼說道，同時一口塞入紅鱸握壽司。

「真的很棒呢。」

七子看著壽久與文吾，嘆了一口氣。

「哪裡棒啦？」

晴子問，於是七子回答：

「看到一把年紀的人——或者該說是白髮的紳士——看他們像小孩子一樣吵架，不是很棒嗎？」

「我不那麼認為。」

晴子這麼說，但七子根本沒在聽。

「文吾先生在看菜單時，坐姿會變得端正一點喔，還會瞇細雙眼、蹙起眉頭。」

七子「呼」一聲地嘆氣。

「真是可愛。」

「他只是單純老花眼啦。」

「有老花眼這點很棒不是嗎？」

七子這麼說道，然後似乎忍不住了，只見她拿起酒壺，前去幫兩人倒酒。

「我實在不懂她。」

晴子低喃。

「活動很成功呢。」

坐在晴子旁邊的秋兔向白雪搭話。

「我聽說因為晴子小姐的人望，活動總是很成功喔。」白雪回答。

秋兔茫然注視著白雪的臉。這樣近距離一看，即使從原本是狗的秋兔眼裡看來，白雪也是個會讓人迷戀的美男子。

聞言，正要把治部煮(註4)的鴨肉放進嘴裡的晴子，慌張地想說些什麼，但秋兔只聽見「姆呼姆呼」的聲音。

「白雪先生的粉絲從各地前來參加活動呢。」

秋兔這麼說，於是總算把鴨肉吞下肚的晴子開口說道：

「早知道會從其他縣市來這麼多人，應該要去租個會議廳或會議室才對。我們拒絕了很多預約的客人，實在很可惜。」

「不，是我想要在姬川先生的書店舉辦活動。因為這就是我來金澤的理由。我以前

◉註4：這是將鴨肉或雞肉切成薄片並裹上麵粉，與當季蔬菜一起用醬油味的湯頭燉煮，金澤著名的鄉土料理。

也說過，我會回到金澤這塊土地的契機，是因為在雜誌上看到有書店致力於舉辦活動，對此很感興趣的關係。」

「……理由真的只有那樣嗎？」

七子在有些距離的座位上低喃，但聲音實在太小，因此沒有任何人注意到。

這時，文吾與壽久又激烈地辯論起來，文吾挖苦地說看到新東西就立刻撲上去的輕浮傢伙不可能守護得了文化。七子一臉陶醉地看著兩人，彷彿在觀賞一流網球選手的攻防戰。

他們一開始還很正經地在議論，但最後變成互喊「你這個笨蛋」、「你才是笨蛋」，跟小孩子吵架沒兩樣。

「好啦好啦，就此打住吧。」

白雪一手拿著金澤的日本酒廠生產的麥燒酒，插入兩人之間。

「我很清楚兩位都秉持著熱情在關心金澤文化——」

「你怎麼可能清楚！」

兩人異口同聲說道。

「門外漢可以閉嘴嗎！」

文吾這麼說。

「這是金澤人在討論金澤的代誌啦。」

連平常講標準話的壽久也冒出鄉音。

「這不是局外人可以插嘴的事。」

文吾瞪著白雪。

「那還真是抱歉。」

白雪說道，又回到原本的座位。

「看吧，所以我才說不要理他們，他們其實感情很好。早知道他們會吵成這樣，請我媽也一起來就好了。」

晴子邊感嘆，邊將用了大量加賀蔬菜的燉菜夾來吃。

「如果是太太說的話，丈夫一定會聽呢。」

秋兔看來比平常更開心。

「是這樣沒錯啦，但我媽非常討厭在人多的地方露面。」

「的確，如果是那位夫人，即使是我也會乖乖聽話，因為她真的很漂亮。」

聽白雪這麼說，晴子將食指豎在嘴前「噓」了一聲。

「我爸很會吃醋的，你要是講這種話，他可是會跑來找你算帳的喔。」

白雪聳聳肩，換了個話題。

「這裡的甜食也很美味。」

「咦，你喜歡甜食嗎？」晴子說。

「非常喜歡。」

「烤饅頭、烤饅頭。」

秋兔連聲喊著。

「烤饅頭也很好吃，可惜這裡沒有賣。不過，這裡有跟知名的日式點心店合作，可以讓我們品嚐也會外送到茶會上的知名點心喔。你看這個。」

白雪打開放在桌上的厚重菜單給秋兔看，菜單的最後一頁上並排著日式點心的照片。豆沙點心讓人聯想到色彩高貴的纖細工藝品，還有宛如玩具般惹人憐愛的烘焙點心，以及各種使用了葛與洋菜、讓人誤以為是玻璃工藝品的高級生菓子（註5）。大概會根據季節替換種類吧，那一頁只是夾在菜單裡。

「都是些讓人捨不得吃的點心呢。」

秋兔佩服地說道。

「這個等一下再請他們打包成伴手禮吧。那差不多該為了荻兔小弟——」

白雪這麼說時，點心在絕妙的時間點送上來了。

「這個很好吃喔。」

端上桌的點心像是切成兩半的芝麻糰子，裡面包的餡有著太陽般的顏色。

秋兔不等白雪解說，就拿牙籤叉起糰子，一口扔入嘴裡。

伴隨著求肥皮Q彈的口感，滿滿的金芝麻風味在嘴裡擴散開來。

滋味十分濃郁，再加上滑溜順口的黃豆餡高貴的甜味，令秋兔露出幸福洋溢的表情。

晴子也幾乎是一樣的表情。

白雪同樣笑著。

甜食似乎能引導大家獲得幸福。

不只是甜食派的三人，文吾與壽久也露出彷彿在寒冷夜晚泡澡般的表情，啜飲著日本茶。幫他們倒酒的七子看來也是打從心底感到快樂。

大家一言不發地吃喝一陣子後，晴子戳了戳秋兔的側腹。

「你別光顧著吃，找個話題跟大家聊一下啊。」

「話題是嗎？」

「能在這種場合提供愉快的話題，才算是成熟的男性喔，就像白雪先生那樣。對

◉註5：生菓子是指水分含量較多，主要使用豆沙餡製作的日式點心。

吧，白雪先生？」

「不用勉強自己成為大人吧。」

白雪面帶笑容這麼說，彷彿甜點裡添加的薄荷那般爽朗。

「就是說啊。」

秋兔也面露笑容。講得好聽點是天真無邪，但簡單來說，那表情像是拿到零用錢的小孩子。

「啊，但我想到話題了。我也是有可以聊的話題喔。就是那個，我一直在調查金澤的火災。」

秋兔想起萩兔說過的話。

「為什麼會調查那種事？」

白雪問。

「就是說呀，為什麼會調查火災呀？」

晴子也跟著問。

「喏，之前附近發生了小火災對吧？在蓮田古物商的倉庫裡。那讓我有些在意，所以調查了一下。」

「知道了什麼嗎？」白雪問。

「是的。」

秋兔回想著從萩兔那兒聽到的事情。例如上個月和這個月原因不明的火災數量有點多，還有那些火災發生得太平均，反倒有些不自然。他拚命說明這些事情。

「分析得真棒。」

白雪拍了拍手。

「所謂『火災發生得太平均』，是指發生的地點嗎？」

「像是發生地點與日期、星期和時間之類的，還有什麼東西是如何燒起來，這些事情都沒有規律。」

「萩兔真厲害呢，是不是之前的萩兔稍微回來啦？」

「咦？啊，是的，可能是那樣呢。」

「實在太棒了。犯人可能太過堅持要讓火災隨機發生，反倒打散成平均值，真虧你能注意到這一點。」

「對吧。吶，很厲害對吧？」

秋兔看來很高興地這麼說。因為對他而言，這等於是主人被稱讚，但其他人並不曉得這點。

「笨蛋。」

晴子用手心拍了一下秋兔的背，聲音響到讓人覺得肯定留下了紅色的巴掌印，秋兔也發出喊痛的聲音。

「你再稍微謙虛點如何？」

被晴子瞪了。

「因為我很高興嘛。」

秋兔沮喪地回答。

大概是覺得鬧彆扭的秋兔很可憐，白雪打斷想再次斥責秋兔的晴子，開口說道：

「你們知道放火員嗎？」

「那是什麼啊？」

秋兔似乎已忘記挨罵的事，一副興致勃勃的樣子。

「簡單來說，這種人專門接受委託縱火，讓委託人詐領保險金。如果那麼有規劃的縱火案真的一直持續發生，說不定是職業放火員搞的鬼。」

「你是說這個金澤的小鎮上有那種人嗎？」

晴子表情有些陰森地詢問。

「我是說有那個可能。我接到保險公司的委託，已經進行過好幾次火災調查。」

「咦，由白雪先生調查嗎？」

「是啊，我也曾一度以消防員為目標喔。雖然結果是放棄了，但因為這層關係，有時會被委任進行火災調查。放火員的手法愈來愈巧妙了。對了，你們聽過『火焰人』這個都市傳說嗎？」

秋兔與晴子搖頭。

「在保險推銷員之間是很著名的傳說喔。進行火災調查時，會發現一種原因不明的火災，從狀況來看，無論怎麼想都只可能是縱火，但不管怎麼調查，都查不出手法。最終保險公司還是會支付保險金，但身為調查員，總覺得好像輸了，所以才會有這種傳聞誕生。也就是這種令人費解、原因不明的火災案件，都是火焰人搞的鬼。他是一個單獨行動，宛如超人般的放火員。當然，事實上不可能有這種人，沒有人可以逃出以科學方法進行的火災調查，簡單來說，只是『不服輸』的心態化為妖怪吧。」

秋兔佩服地心想，原來如此。

以秋兔自己的情況而言，只有覺得好玩與不好玩兩種，如果覺得不好玩就會盡全力逃避，所以一直當狗的話，不會察覺到妖怪的存在吧。不過變成人類，慢慢知道許多事情後，感覺內心也隱約產生了妖怪，讓秋兔感到害怕。話雖如此，這些事情對秋兔而言，還是非常好玩的體驗。

大家在話題告一段落時結束宴會，陸續走出日本料理店。外面正滴著小雨，彷彿想

挽留眾人一般。

「來，這給妳。」

白雪將折疊傘交給晴子。

「謝謝你。可是白雪先生怎麼辦呢？」

「我有帶傘。」

白雪打開富爾頓的大雨傘。

白雪接著揮手道別，晴子連忙抓住他的手，詢問要不要再續一攤，但白雪說他明天還有工作，慎重婉拒之後便回去了。

「晴子，我先回去囉。」

轉頭一看，只見文吾踉踉蹌蹌地走著。

「你還好嗎？爸爸。」

「我會送他到店裡。」

七子這麼說道，並撐傘幫文吾擋雨。

「對不起喔，麻煩妳了。」

晴子朝七子的背後說道，然後抓住打算回家的秋兔衣領。

「喂，萩兔。」

「什、什麼事？」

「我們再續一攤吧。」

「啊，可是妳看，我爸爸他——」

秋兔環顧周圍，只見壽久正準備要搭上計程車。

「爸爸！」

在秋兔這麼呼喚時……

「我先走了。」

壽久留下這句話，計程車的門關了起來。

晴子拉起秋兔的手，看起來像是快溺水的人緊抓著稻草不放。

「好，剩下兩個人。」

「那我們再去喝兩杯吧。」

秋兔看似開心地這麼說。無論是怎樣的情況，被某人需要這件事，都讓秋兔覺得十分開心。

「你明明不能喝酒，真是囂張。」

晴子又啪一聲敲著秋兔的背，秋兔發出哀號喊痛。這似乎讓晴子覺得有趣，因而好幾次敲著秋兔的背，秋兔每次都發出哀號。

啪，好痛喔好痛喔——這樣的聲音飄向夜晚的城鎮中。

3

晴子從櫃檯裡對送完貨回來的秋兔說道：

「你看過這個了嗎？」

放在櫃檯上的是昨晚在日本料理店收到的伴手禮袋子。

「袋子裡面有小盒子對吧。那是手工製作的，用可愛的紙繩束起，還用蓋了店章的紙包裝。在確認裡面裝的東西前，就已經讓人覺得可愛得不得了呢。」

「妳今天很閒嗎？」

「是沒有很閒，但這個不管看幾次都覺得感動。改天再去那間店吧。不對，感覺那間店不便宜，應該要叫爸爸請客。」

「妳真的很悠哉呢。」

「我才不想被萩兔這麼說。」

「奇怪，七子小姐今天還沒來嗎？」

「嗯，就是說啊。我看看，她已經遲到大概三十分鐘了吧。」

晴子看著手錶這麼說。

「她以前曾經像這樣沒來也沒聯絡一聲嗎？」秋兔問。

「就算會遲到，她也一定會聯絡我們。」

「怎麼回事呢？讓人有點擔心耶。」

「我覺得應該是宿醉睡死了，但還是確認一下吧，以防萬一。」

就在晴子拿起話筒時……

「等一下。」

這麼說道並從裡頭房間出來的是文吾。他一臉厭煩的表情。

「怎麼，該不會是你忘了七子妹妹曾經聯絡過吧？你最近真的很健忘耶，還是去檢查一下有沒有老人痴呆症——」

「鯉淵她不會來啦。」

「咦？為什麼？」

晴子問，秋兔也接著問：「是生病嗎？」

「不是！」

文吾有些生氣地說道。

「那是為什麼？」

晴子好幾次追問，但文吾始終保持沉默，沒有回答。

「我說啊，你應該知道話講一半就沉默下來，反倒讓人更在意吧？」

晴子近似怒吼地這麼說道，文吾才總算開了金口。

「我請鯉淵辭職了。」

兩人異口同聲地發出：「咦？」

「為什麼，爸爸？」

「這也包括她本人的希望，所以請她辭職了。」

「昨天都還好好的，怎麼今天突然就辭職？昨天沒有那種徵兆吧……難道說，該不會爸爸跟七子小姐之間發生了什麼？」

「別說傻話，我怎麼可能做那種事！」

文吾滿臉通紅地怒吼。

「愈來愈可疑了呢。難道爸爸昨天犯了什麼錯——」

「就說什麼也沒發生了。」

「犯錯是指什麼啊？」

秋兔一臉認真地詢問，晴子告訴他「那種事一般就叫做性騷擾」，但就算她這麼

說，秋兔仍絲毫不明白她的意思。

「那是怎麼一回事呢？」

他又詢問晴子。

「那個不重要啦。爸爸，告訴我發生了什麼事。為什麼昨天明明什麼事也沒有，今天就開除了人家？爸爸，你不講話我怎麼會知道原因？應該說，你這樣會讓我一直想歪耶。」

「……要對妳媽保密喔。」

似乎是怕了晴子的氣勢，文吾小聲地這麼說。

「果然發生了什麼呢。你真窩囊，都一把年紀了，搞什麼啊。」

「好好聽我講完。聽好了，昨晚鯉淵送我回這裡。」

「這我知道啊。」

「然後我在門口，想跟她說回家路上小心時——」

七子從包包裡拿出文庫本，向文吾道謝。那是她跟文吾借的書，是泉鏡花的《春晝，春晝後刻》。文吾的確是借給她那本書叫她看，但接過書後文吾說：

「我應該說過不還我也無所謂吧？這書是送妳的啊。我是希望在這裡工作的人最起碼要具備這些知識。」

只要店裡來了感覺可以做久一點的工讀生，文吾一定會贈送鏡花的文庫本。

「我收到時非常開心，所以記得。但我想暫且把這本書還給您。」

「為什麼？」

「請您別驚訝喔。其實我喜歡文吾先生。」

「別開玩笑了。」

文吾這麼回答，下個瞬間七子突然就抱住他。

七子來到店裡打工後，文吾一次也沒有把她當成女性看待。七子是比自己女兒還年輕的女性，文吾覺得她就像女兒或是孫女那樣。

事情實在太出乎意料，文吾不曉得該怎麼辦才好。

「然後怎麼啦？」

晴子逼問。

「我推開她了。」

「啥？」

「我推開她，叫她別黏著我，然後說我很感謝她的心意，但沒辦法跟有那種想法的人一起工作，所以請她明天起不用來了。」

「你說了那種話？」

「嗯。」文吾點點頭。

「然後七子妹妹怎麼了？」

「她哭了。」

「那當然啦。」

「她邊哭邊又想緊抓著我，所以我這次相當認真地推開她，叫她先回家。」

「然後她就回去了？」

「回去了。」

文吾的嘴扭成ㄟ字形，晴子什麼都沒說，秋兔則是無法插嘴。三人各自噤口，現場陷入沉默。

「要對妳媽保密喔。」

文吾悄聲說道。

「那當然，這種事我哪說得出口。」

晴子這麼說道，然後看向秋兔。

「當然我也不會說的。」

「這件事就放在我們心底吧。」

文吾這麼說，然後消失到店裡頭的房間。

「伯父果然很有異性緣呢。」

「才沒那回事。就算有異性緣，我爸也只愛我媽一個人。」

「好像是那樣呢。看他們偶爾一起出門的樣子，連我都覺得幸福。」

「天啊，我好震驚。」

晴子在櫃檯裡頭後仰靠在辦公椅上說道。

「有什麼好震驚的嗎？是因為文吾先生感覺不會帶妳去那間店吃飯嗎？」

「笨蛋。怎麼說呢，我覺得七子妹妹很可憐，爸爸的做法太殘忍啦。但我覺得喜歡上別人丈夫的人也有問題。可是比起這些，該怎麼說呢？這表示爸爸一直被當成男人看待嗎？是這個緣故，還是因為他本人超乎我想像，以男人的身分接受了這件事呢？或許因為是自己的父親，而且是一把年紀的人，表現出雄性的一面讓我覺得噁心吧。我一直以為，就算聽到他那麼說，我也會笑著勸告他。沒想到他們會做出那種彷彿愛情劇一般的舉動。」

「我不是很明白。」

「我想也是。你的腦袋原本可能很聰明，但溝通能力只有五歲程度。」

「那是什麼意思啊？」

「是因為收到《春畫》而會錯意嗎？」

晴子無視秋兔，繼續說道。

「是鏡花的書對吧。那是怎樣的書呢？」

「你不知道嗎？」

「不知道。」

秋兔不知為何有些驕傲地這麼說。

「那是很不可思議的故事，要說明很困難。是妖女附身殺害男人的故事，也是夢境世界的故事，同時是兩人逐漸被拉向死亡的故事。」

「是恐怖故事嗎？」

「恐怖但也淒美。」

「我還是不太明白。」

「萩兔不懂沒關係啦。」

晴子這麼說，然後笑了。

「因為我也不是很明白。」

晴子說完，似乎想到什麼而陷入沉默。以愛閒聊的兩人來說，他們很難得在客人光顧而變得忙碌之前都一直保持沉默。

4

「提供日式點心給那間日式料理店的甜點店，聽說是高峯本店喔。」

萩兔完全像隻狗似地躺在房間正中央，秋兔則在一旁這麼說。

「現在真的非常熱門呢，很厲害吧。」

『姬川的父親認識經營那間店的兄弟，我爸大概也是。』

「是弟弟在經營分店。然後，聽說他們又打算在本店附近開一間有點時髦的日式點心店。」

『他們兄弟似乎感情不好，文吾伯父經常出門去幫忙仲裁。另外，大哥往東京發展的計畫失敗，似乎欠了很多錢。他好像也有來找我爸借錢。』

「主人為什麼老是注意那些缺點呢？」

『因為這世上充斥著缺點啊。』

「高峯家的點心很好吃呢。這是變成人類的好處，可以吃到當狗時不會吃到的東西。啊，對了，關於讓我們身體恢復原狀的方法，那之後有進展嗎？」

『我一直在調查這件事，但沒有任何發現。不過……』

「不過怎麼了嗎？」

『我之前也說過吧，這世上有一種力量會引發人類智慧無法理解的現象。』

「觀音力！」

『真虧你記得。你說得沒錯。其實我會作一種夢。』

「啊，我也是。我夢到很多東西喔，作夢很有趣呢。」

『夢境有時會述說真相。有一個夢我作了好幾次，大概是發生那場意外時的夢。』

「咦？那個夢，搞不好是我也作了好幾次的夢。」

『你夢見什麼？』

「我想想，是一個發生在陰天、令人討厭的夢。我知道那是一場夢，記得主人也在夢裡。主人說著有些複雜的事，我莫名感到悲傷，然後下起了雨……好像是這樣的夢。」

『說不定是相同的夢。』

萩兔發出嗷嗚的聲音，小聲地這麼說。

『我的夢會從打雷開始。』

在一片純白的世界裡，萩兔輕飄飄地浮在空中。他緩緩搖晃，同時慢慢上升。那有些類似要進入夢鄉的感覺，飄浮感舒適到讓人沉醉。上升得愈高，感覺就愈舒服。

——不行！

並非聲音，而是一種類似意義的東西撞擊著萩兔。

這樣不行啊——萩兔這麼心想。他這麼一想，突然開始害怕上升。

——不行！

話語又刺中萩兔。

並且有什麼東西纏住腳踝。

——不行喔，主人。

這次很清楚地聽見了。

而且有人抓住自己的腳踝。

然後，被拖向下方。

身體很快地急速墜落，回過神時，雙腳已經踩在地面上。

那裡已經不是純白的世界。

是神社內。

有一棵從根部裂開折斷的大松樹。

松樹冒出漆黑的煙。

四處有火焰一閃一閃地晃動，彷彿來不及逃走一般。

有人倒落在樹木旁，他的衣服已經燒焦。不光是衣服，皮膚也裂開了，燒傷恐怕遍及全身。

他的右手朝異常的方向扭曲。

大量的血液流進泥土。光看這些血，很難想像這個人還活著。

——是我。

萩兔看到那個人的臉，這麼心想。

浮現出死相的那張臉，毫無疑問是自己的容貌。

「我死了嗎？」

萩兔低喃。

「我已經死了嗎？」

——主人。

附近傳來這樣的聲音，自己的身體周圍飄著焦糖色的雲。

聲音是從那朵雲裡傳來的。

——不要緊的，主人。

雲的一角纏住萩兔的腳。

萩兔心想，剛才把他拉下來的，就是這傢伙嗎？

雲動了起來。

雲拉著萩兔的腳，萩兔彷彿氣球一般輕飄飄地移動。

——暫且進入這裡吧。

一隻柴犬倒在有點距離的地方。

是帶出來散步的那隻狗。跟萩兔的身體相較之下，外傷看起來少很多。

萩兔被雲朵拉著靠近狗。

——請進入裡面。

雲這麼說。

萩兔沒有時間猶豫。他彷彿被燈火吸引的蟲子，與意志無關地靠近狗，回過神時已經被拉入狗的身體裡。進去之後，便無法脫離那副身軀。萩兔茫然感受著發生在自己身上的事。

自己變成狗了嗎？

萩兔沒有真實感。他覺得遲早會有辦法的吧，沒怎麼放在心上。

一瞬開眼睛，只見雲朵靠近萩兔的身體。那人已經快死囉——身為狗的萩兔打算這麼說而吠叫出聲。雲朵緩緩在萩兔周圍繞行，接著，突然像是下定決心般被吸入那具身體裡。

『我不是很清楚那究竟是夢還是現實。但我實在重複了太多次同樣的夢，所以一直在思考這件事的含意。然後，我突然明白了。那時我已經死了，但你將身體借給我，所以我的靈魂倖存下來，我就算這樣終老一生也不奇怪。但你進入我的身體，靠著超乎人類的生命力，把我的身體也救活了。』

「這樣我們兩人再次交換的話，事情就能圓滿落幕呢。」

『我不那麼認為。那時候，我照理說會死亡，那就是我的壽命。雖然你硬是把它延長，但遲早會到極限。這就是所謂的命運。沒有人可以阻止轉動起來的命運。我的靈魂很快會跟這具身體一起衰弱凋零吧，到時你就以我的身分——』

「不要！」

秋兔不禁大叫出聲。

隨即有腳步聲咚咚咚地接近。

差不多要過午夜十二點了，這時間不該大吼大叫。

「我沒事喔。」

秋兔搶在壽久開口前這麼說。

「只是作了有點奇怪的夢。」

「只是作夢嗎？」

門的對面傳來壽久感覺很不安的聲音。

「只是作夢而已，抱歉讓爸爸擔心了。」

「你沒事就好……真的不要緊吧？」

「嗯，讓你擔心了。」

「快睡吧。」

「是的，晚安。」

腳步聲逐漸遠離，然後消失。秋兔與萩兔四目相接，鬆了一口氣。

『我沒想到老爸會那麼擔心我。』

萩兔悄聲說道。

「當然會擔心啊，因為他是你爸爸嘛。」

『他以前是個工作第一的老爸，我根本沒有他陪我玩的記憶。他對我很冷淡，開口就是碎碎念，雖然我也沒有要聽他說話的意思，畢竟我一直認為老爸顯然是比我更差勁的人。』

「不管有沒有比較差勁，爸爸就是爸爸啊。」

『……說得也是。』

「話說，我們剛才在講什麼？」

『關於作夢的事，但先不用管這個了。比起那個，你想不想聽關於火災的事？』

「是怎樣的事情？」

『是你從白雪聽說的事情。』

「是什麼事情來著？」

『你告訴了白雪我跟你說過「沒人注意到的縱火事件」。』

「我告訴他了。」

『於是白雪提起火焰人這個都市傳說。』

「對，是個不可思議的妖怪。」

『我不曉得是不是妖怪，但就我的調查，那個詞開始出現在網路上，是五年前的事。只不過並非公諸於世，而是在消防隊員專用的封閉式社群網站裡頭流傳。換句話說，這表示白雪曾經是消防隊員，或是近似消防隊員的身分。所以，我試著調查白雪的經歷。白雪在二〇〇二年從國立大學畢業後報考了東京消防廳的錄用考試，然後獲取資格進入了專門系。』

「專門系是什麼？」

『就是以大學畢業生為對象，培養所謂的菁英組和幹部候補的課程。他也在演講中提過自己為何會志願當消防員。關於那傢伙，留有許多這種紀錄。根據這些紀錄來看，

似乎是二〇〇一年發生在美國的恐怖攻擊事件——也就是九一一事件讓他十分震撼，因此下定決心要從事拯救人命的工作。他成為消防員僅僅兩年後，就取得緊急救護技術員的資格，成為救難隊員。雖然他在消防隊員裡是精銳中的精銳，在第一線是最優秀的菁英，但換句話說，他等同是推掉了晉升機會，拒絕成為幹部。我認為他在當時對第一線有強烈的執著，但他在二〇〇七年辭掉消防員的工作。』

「咦，為什麼？」

『他沒有明確說明理由，但這個肯定就是原因吧。』

萩兔讓秋兔看螢幕。

上面刊登著老舊週刊雜誌的報導。

大標題煽情地寫著「白晝的恐怖——跟蹤狂男子拿著菜刀跟蹤」。

『有個拿著菜刀的男人，在郊外的住宅區刺傷一名女性。那名身受重傷的女性就是白雪的未婚妻。』

「他一定大受打擊。」

『我想也是。但只是這樣的話，用不著辭去消防員吧。問題在於事件發生後的報導。犯人是個十六歲的少年，他糾纏著只是在路上相遇的女性。他的年紀比女性小很多，導致女性無法斷然拒絕少年，與他見了幾次面。雖然白雪建議她報警，但她不打算

做到那種地步。』

「她是個溫柔的女性呢。」

『但這一切成了反效果。簡單來說，就是報導內容讓人以為是年長的女性誘惑了少年。』

「還真是過分。」

秋兔的表情不斷變來變去，腦海中浮現溫柔的女性時露出微笑，覺得報導很過分時立刻露出快哭出來的表情。相對於此，萩兔則是一貫平淡地繼續說下去。

『誹謗中傷的電話和找碴都集中在女性身上。我不曉得這篇報導造成多大影響，但少年只是受到保護管束處分，稍微挨罵而已，也沒有被送到少年感化院。然而女性卻失蹤了，沒有告知任何人她的去向。白雪甚至還僱用偵探，用盡各種方法找人，但沒能找到她。因為女性有可能自殺，所以白雪也有報警請求協尋，但至今尚未找到人。』

「這樣就算完全喪失幹勁，也沒什麼好不可思議的呢。話說回來，真虧主人能調查到這些事情。」

『白雪出身自金澤。這起事件是在金澤市郊外發生的事，他未婚妻的老家在那裡。所以，我才能勉強利用狗的情報網蒐集到情報。尤其是他未婚妻家所飼養，當時仍是隻幼犬的狗還活著真是萬幸。那隻狗是混種約克夏，名叫塔夫。』

「真是可憐，塔夫在小時候就失去主人。」

『就是這麼回事。你們狗雖然健忘，但這種事倒是記得很清楚。然後，白雪以防災防盜專家的身分浮出檯面，是從現今算起三年前的事。也就是說，在那之前的五年間，那傢伙表面上是無職的。他似乎有些儲蓄，事件發生的半年後，他到加州理工學院留學，學習防盜和防災知識。那時，他似乎靠被認為是導致紐約世貿中心大樓崩塌原因的「挫曲（buckling）」研究論文獲得高評價。所謂的「挫曲」，是指在某個空間裡……』

萩兔說到一半時看了看秋兔，只見他露出「饒了我吧」的眼神望著萩兔。

『總之，他做出許多成果，在三年後回國。』

「是個很優秀的人呢。」

『我覺得他也沒那麼優秀。會因為無聊的事情受挫，就是內心軟弱的證據。不過算了，問題在別的地方。那傢伙是在二〇一〇年初回國，然後火焰人的傳聞是從那一年過了一半後開始擴散。你怎麼看？』

「怎麼看是指什麼？」

『恐怕在那之前，也有成堆感覺像是縱火，但被當成與犯罪無關而解決的案例。明明如此，為什麼這時會誕生火焰人的傳聞呢？』

「表示火焰人真的出現了嗎？」

秋兔看來很高興。

『有什麼好高興的？』

「有妖怪存在的話，不是很有趣嗎？」

『並沒有妖怪，恐怕是沒有。不過算了，總之這一年一定發生了什麼。例如就像我調查的那樣，在細節讓人覺得是蓄意縱火的原因不明火災增加了。既然有那樣的傳聞出現，縱火案件的數量可能一時間增加了也說不定。』

「果然有正牌火焰人存在嗎？」

『沒錯，有個正牌火焰人。』

「該不會主人知道火焰人的真面目吧？」

『我能推理出來。』

「咦，是誰？是我認識的人嗎？」

『你記得蓮田古物商的老爹嗎？』

「咦，那位大叔是火焰人！」

『不是。你還記得那個老爹的倉庫發生了火災吧。』

「嗯，是秋田犬藤五郎小弟不見蹤影的那天對吧。」

『他曾說隔天早上，有個人來拿寄放在倉庫的東西。』

秋兔思索起來。

『他說，隔天有個男人上門吵鬧。因為是小火災，倉庫裡安然無恙，但要是消防車再晚一點到，火勢應該會燒掉半間倉庫。』

「或許是那樣呢。」

『我調查了那個一早就找上門的男人。』

「在那個時候嗎？」

『就是那個時候。因為你們很健忘啊。』

「的確是那樣啦。」

『在那之後，他逃離了原本居住的公寓。他似乎很久沒繳房租了。』

「這話是什麼意思？」

『就是說他很缺錢。』

「這個我明白……但主人究竟想說什麼呢？」

『一個缺錢的男人，為何會將昂貴的茶具寄放在倉庫？但依店主所說，只要看一眼就知道那是便宜貨。然後，那間倉庫發生了小火災。雖然碰巧發現得早，但如果晚一點發現，茶具就會毀損，如此一來，就算他叫店主按照一開始申報的金額賠償，也沒什麼好奇怪的。』

「白雪先生提過這件事呢，我想想，好像叫放火員？」

『你說得沒錯。』

「哇，也就是說那個大叔是放火員，換句話說，那個大叔果然是火焰人！」

『不是這樣吧。反正都會搞錯，倒不如說是帶茶具來寄放的那個男人。』

「那麼，那個男人就是火焰人！」

『你稍微思考一下再做出結論吧。蓮田古物商的店主跟寄放茶具的那個男人都不是火焰人。雖然那男人大概脫不了關係，但他並不是主犯。那場小火災後來被當成失火處理，調查的結果認為是有人亂丟菸蒂，然後碰巧燒到扔在前面的碎布，釀成小火災。似乎經常有人把碎布裝進紙袋扔在那裡。這是從一個月前就有的狀況，因此調查認為，大概是有人碰巧把香菸丟到那裡。方法看起來很笨拙，但燃燒速度快到讓人難以想像只有碎布，很有可能是用了燃燒加速劑。我不曉得消防隊調查到什麼地步，但犯人應該有使用光靠簡易的分析檢測不出來的燃燒加速劑。那不是多特殊的東西，因為有某種稀釋劑很難檢測出來。雖然有很多不自然的地方，但從一個月前就準備了紙袋，還使用難以檢測出來的燃燒劑等行為，很顯然是專家在搞鬼。』

「那個男人是指？」

『一個喜歡賭博的上班族。他看起來不像有不可告人的工作，應該是放火員在背後

牽線的。話說在這天登場的人物還有一個，就是白雪。不知何故在那附近散步的白雪，碰巧在那裡找到蓮田養的狗，又不知何故帶牠回家。白雪的辦公室距離火災現場相當遠，很難想像那是他每天散步的路線。』

「我的腦袋混亂起來了。也就是說，是怎麼一回事呢？」

『我是說縱火的就是白雪。』

「雖然主人這麼說，但絕對不可能是那樣啦。」

『為什麼？』

「因為白雪先生是好人啊。」

萩兔傻眼地別過臉去。

『花了一個月以上的時間放紙袋，且在現場直接犯罪的或許是那個男人，只不過白雪肯定是挑在最後一刻，來觀察事情是否順利進行。』

「主人怎麼會知道這種事呢？」

『我問了藤五郎。』

「啊……說得也是，只要問藤五郎就知道了。」

『藤五郎只要一聽到警笛聲，就會立刻逃出家門，趕往現場。牠興奮地跑到附近時，被白雪制止了。藤五郎很親近人，牠就在聽到警笛聲而興奮不已的狀態下，被白雪

帶離現場，然後暫時受白雪照顧。』

「他為什麼會帶走藤五郎小弟呢？」

『似乎是覺得牠靠近火災現場會有危險。』

「的確很危險呢。你看，白雪先生是個替狗著想的好人喔。」

『喜歡狗的詐欺犯要多少有多少，喜歡狗的人未必是好人。這種事情只要問那個男人馬上就會曉得，但那傢伙必須躲討債的人，八成已經逃到外縣市。』

「這麼說來……」

『怎麼啦？』

「見到白雪先生的時候，主人沒有感覺到嗎？他散發一種刺鼻的特別氣味。」

『你也感覺到了嗎？那是有機溶劑的氣味，大概是稀釋劑或是甲苯，所以我一開始就懷疑他。』

「可是感覺做事很糊塗呢，那時候也失敗了嘛。」

『大概是因為消防車比想像中更早來。消防車到達的時間，明明是放火員最起碼該調查清楚的事。』

「對吧，為什麼會那麼糊塗呢？」

『因為白雪是個糊塗的男人吧。』

「但他看起來不像個糊塗的人啊。」

『在你眼中，白雪是個好人吧。感覺你沒什麼看人的眼光，你看看這個。』

萩兔再次向秋兔秀出液晶螢幕。

上面寫著「在車裡嚴重燒傷！是自殺未遂嗎？」這種斗大標題，報導內容是從一輛被丟棄在山中的輕型車裡，發現了全身燒傷的少年。

『這似乎是八年前的新聞報導。沒有特別受到重視，只是地方新聞。車子從裡頭封死，被送到醫院的當事者說他是自焚失敗。』

「這有什麼問題嗎？」

『這個少年就是刺傷白雪未婚妻的少年。』

「什麼？果然做壞事會遭到報應呢。」

『就某種意義來說，或許是那樣。然後，這件事發生後過了一陣子，白雪就到美國去了。』

「我漸漸明白主人的想法了。」

『怎麼樣？說來聽聽。』

「主人認為這是白雪先生的復仇。」

『如果你有意要調查，這個少年叫做蟹江，現在已超過二十歲。我也有查明他的所

在處，應該可以直接問他吧。』

「主人已經查明他在哪裡了嗎？」

『大致上啦。』

「這也是靠狗的情報網嗎？狗的情報網這麼厲害？我以前應該也是其中的一員才對啊。」

『只是身處其中，什麼也不會知道，必須掌握網絡的構造並加以解析才行。哪隻狗與哪隻狗的聯繫是強是弱？情報發訊的主體是哪隻狗？透過不斷分析這類事情，才能把複雜的世界視為單純且渺小的世界來理解……』

秋兔不客氣地大打呵欠，所以萩兔結束了話題。一直在等這一刻的秋兔說：

「那我們出發吧，直接去聽那男人怎麼說。」

5

「大家一起兜風真快樂。」

但萩兔在後座看似很不愉快地哼著鼻子。

「我硬是拜託爸爸幫忙看店。」

晴子是受秋兔所託來幫忙開車。

「話說，可以再向我說明一次嗎？為什麼我們得去見那個叫蟹江的男人？」

「所以說，那個叫蟹江的男人，以前刺傷了白雪先生的未婚妻，因此我在想白雪先生是否為了復仇而傷害蟹江先生。」

「你怎麼會有那種失禮的想法？」

「該說有那種想法，還是被迫那麼想呢？總之，我想要有否定這想法的證據，所以才要去聽他怎麼說。」

「我真不明白。萩兔到底是懷疑白雪先生，還是相信他？」

「就是因為相信他，才要去確認。」

「那就表示你不相信他啊，真沒禮貌。」

「不，我相信他，可是……啊啊啊啊，我也搞不懂了。總之，我想去聽聽蟹江怎麼說。」

簡直像鬧脾氣的三歲小孩。後座的萩兔捏了一把冷汗，深怕秋兔不知何時會說出靈魂交換的事。

「你都幾歲了，別鬧脾氣啦。噯，小秋，你的主人真像個小孩呢。」

晴子向後座的萩兔搭話。

『我不否定就是了。』

萩兔小聲地叫了一聲。

「你看吧。」聽到萩兔的吠叫聲，晴子說：「小秋也說你是個小孩呢。」

「咦？妳聽得懂他說的話嗎！」

秋兔實在太過驚訝，瞪大眼睛詢問。

「你真是個笨蛋耶。」

「我才不是笨蛋。」

秋兔一臉認真地回答。

「我絕對不是笨蛋。」

而且非常纏人。

「好、好，你不是笨蛋，不是笨蛋。」

「之前白雪先生曾提到火焰人的事情對吧。」

「噢，好像是妖怪還什麼的。」

「也有人說，那搞不好就是白雪先生呢。」

「所以說，到底是誰講了那種傻話啊？」

「不是誰講的，只是傳聞而已。」

「你聽誰說的？」

晴子這麼一說，秋兔不禁向後座的萩兔求助。萩兔別過臉去。

「我說啊，你回答不出來就向自己養的狗求救，未免太奇怪了吧？」

「因為他很可靠嘛。」

看到秋兔一副好人臉地這麼說，晴子閉上了嘴。

她筆直看向前方開車。

沉默不自然地持續。

晴子的雙眼濕潤起來。

「……咦，妳怎麼了？」

秋兔這麼一問，晴子便緊緊閉上雙眼，眼淚奪眶而出。

晴子睜開眼睛，擦拭眼淚。她從鼻子大大吸了口氣，然後從嘴巴緩緩吐氣。在帶著哭聲的嘆息後，她彷彿克制不住似地呼喚萩兔的名字。

「對不起，我做了什麼？對不起喔。」

秋兔不懂她眼淚的含意，總之先道歉。

「我喜歡現在的你喔。」

晴子望著前方這麼說。

「謝謝。」

秋兔無憂無慮地回應。

「我覺得現在的你身為一個人類，比之前的你要優秀多了。不是頭腦好壞的問題，而是做為一個人類來說。可是……」

「可是怎麼了嗎？」

「你曾經是個讓人受不了的自信傢伙，性格傲慢，不管看到誰都把對方當傻瓜，是差勁透頂的垃圾，真的是個討厭的男人，但除了討人厭這點以外都很完美，所以更令人火大，光是跟你說話就覺得火大，光是看到你的臉也覺得火大。總有一天一定要揍你一拳——不只是我，你四周的人一定也都是這麼想。」

秋兔被晴子的氣勢震懾住，絲毫無法反駁，只能呆愣地張大嘴聽她說。

「可是啊，我沒辦法揍現在的你。哪有這樣的啦……」

晴子的眼淚撲簌簌地掉落。

「太狡猾了。」

她彷彿低喃似地這麼說，然後吸了吸鼻涕。秋兔伸手拿起放在儀表板上的面紙，遞給晴子。

「所以說啊——」

晴子用面紙擦拭眼淚與鼻涕。

「我就是叫你別做這種事。天啊，真是夠了，真令人火大。」

「對不起。」

秋兔不曉得該如何是好，一副不安的樣子。

「萩兔，那果然是一種病呢。不管是多討人厭都沒關係，希望你早點變回以前的萩兔。變回那個不會因為我在哭，就遞面紙給我的萩兔吧。」

晴子說到這裡，自己拿面紙用力擤了鼻涕。

「你快變回原本的萩兔，讓我揍一拳吧。」

「是的。」

「說好囉。」

「是的。」

「到了。可惡，臉都哭花了啦。」

『跟蟹江說，有人說要殺白雪。』

「咦？」

『你向晴子說明。你不會演戲，讓晴子來說。』

「晴子小姐。」

「什麼事？」

「請妳跟等一下要見面的蟹江說，有人說要殺了白雪。」

「為什麼？」

『就說那個人想要白雪是壞人的證據，所以這麼拜託妳。』

秋兔照萩兔所說的轉告晴子。

『跟她說之後就交給我。』

「之後的事請交給我處理，在那之前則請妳幫忙。」

「那麼說不要緊嗎？」

「不要緊。」

秋兔自信滿滿地回答，他絕對信任主人所說的話。

掛著瀧澤工務店這個大招牌的店鋪前有個停車場，晴子將車停到那裡。

兩人與一隻狗下了車，拉開鋁框的拉門，進入店裡。土間擺著沙發與桌子，裡頭並列著辦公桌，坐在沙發上喝茶的中年男性站起身。

「請問有什麼事嗎？」

「請問這裡有一位蟹江信二先生嗎？」

「這傢伙就是蟹江。」

他用下巴指了指在裡頭的辦公桌攤開帳簿算帳的青年。

「啊，你好。」

兩人點頭致意。

「我們有些關於白雪克己先生的事情要跟你談。」

「關於白雪先生的事情？」

青年站了起來，是個看起來很認真、身材纖瘦的男人。

「有事要說的話，先過我這關吧。」

中年男性像要阻擋晴子等人似地站在青年前面。

「我是這裡的老闆，也算是那男人的養父，有事要說的話，由我來聽吧。」

「我不曉得你們是如何得知這個地方，但這是採訪嗎？如果是的話，恕我拒絕。」

蟹江從中年男人身後探頭這麼說。

「不，不是採訪，我們是偵探社的人。」

聽晴子這麼說，秋兔相當佩服。人類真的很擅長說謊，謊言流利地脫口而出。

「偵探社來做什麼？」

男人以嚴厲的表情瞪著晴子。

「十分抱歉，這件事我們想跟蟹江先生本人談，方便的話，能請您離席嗎？」

男人看向後方的蟹江問說：

「可以把這些傢伙趕出去嗎？」

「啊，社長，我一個人不要緊的。」

「如果我在場比較好，我可以待在這裡喔。」

「謝謝社長。有什麼事情的話，我會叫您。」

「這樣啊。」

男人這麼說，依序瞪了晴子和秋兔。

「聽好了，我們辦公室的大小事都交給這傢伙處理。他是個能夠信賴的認真青年。不管過去發生什麼，那種事一點關係都沒有。」

「社長，不要緊的啦。」

蟹江這麼說道，同時走來前方。

「請坐。」

「打擾了。」

晴子和秋兔邊說邊坐了下來，萩兔則在兩人旁邊坐下。

「真是隻聰明的狗呢。」

「對啊，他非常聰明喔。」

這麼說的是秋兔。

「我稍微離開一下，你們要是有無聊的小動作，我可饒不了你們。」

男人這麼說，並盡全力用背影威嚇晴子與秋兔，然後慢慢走進裡頭的房間。

「他是個好人呢。」

秋兔面帶笑容這麼說。

「是啊，社長真的是個好人，我絕對不想給社長添麻煩。話說，關於白雪先生的事情是什麼？」

「有人說要殺了白雪。」

晴子彷彿在閒聊似地這麼說，並觀察著蟹江的樣子。

「然後呢？」

蟹江一臉不知情地反問。

「然後呀，那人打算召集被白雪害慘的人，向他復仇。據說他為此想要白雪是壞人的證據。」

真是了不起的演技。秋兔打從心底讚嘆，不禁脫口而出說了「好厲害」。

『你說之後就交給我。』

「之後請交給我吧。」

『照我說的轉告他。首先是白雪在未婚妻遇刺之後，做了什麼。』

萩兔按照順序，以逐漸明瞭的事情為中心，說明白雪如何與蟹江扯上關係。秋兔將這些話原封不動地轉達給蟹江。他告知蟹江自焚未遂是白雪搞的鬼後，等候對方的反應。

「白雪先生不是那種人。」

一直默默聽著的蟹江這麼說。

「你刺傷了白雪先生的未婚妻對吧。」

秋兔說。

「沒錯。」

「白雪先生當然對此事非常氣憤。」

蟹江深深點頭。

「所以白雪先生才會報復你吧？」

「沒那回事。」

蟹江斷言。

「你在車子裡差點被燒死了耶。那是……」

「我原本打算自殺，就是自焚。只要看當時的報導就知道了。」

「自殺是嗎……」

秋兔完全不懂想要自殺的心情，因為他認為生物就是要努力活著。

蟹江大概把秋兔的沉默誤以為是懷疑的沉默。他不斷重複「我是打算自殺」，繼續說道：

「我覺得自己真的很對不起那名女性。你們看——」

蟹江掀起襯衫，他的側腹殘留著深紅色的大塊傷疤，是燒傷的痕跡。

「我全身還殘留著自焚的痕跡，這是我罪過的烙印。以前的我愚笨且遲鈍，不懂得將心比心。我十分清楚那會產生怎樣的結果，這身傷痕也不容許我忘記。」

蟹江放下襯衫，將衣襬塞進褲子裡。

「就如你們所說，白雪先生一定恨過我吧，但現在不一樣。讓我再次進入高中就讀的是白雪先生；高中畢業後，讓我就讀會計專門學校的也是白雪先生；而且介紹這間公司給我的亦是白雪先生。雖然不曉得他為何願意幫我到這種地步，但就算要花上一輩子，我也想報答他這份恩情。」

蟹江看起來不像在說謊，而是由衷感謝白雪。秋兔覺得，那實在不像是對害自己燒傷成那樣的人會有的態度。

「白雪先生真的是個好人呢。」

秋兔這麼說。

「是啊，我也這麼認為。話說，那個想要殺害白雪先生的人是誰？」

「我們有保密義務，不能告訴你。今天非常感謝你的協助。」

晴子站了起來，秋兔也連忙站起身。

「剛才聽到的那些關於白雪先生的事，我們會轉告那個想殺害白雪先生的人，他說不定會因此改變心意。」

晴子露出笑容說道。

「假如……」蟹江站起身說：「假如白雪先生有什麼萬一，首先我會找出妳人在哪裡，讓妳得到應有的懲罰喔。」

蟹江用至今不曾露出的陰沉眼神這麼說。

6

「看吧，結果白雪先生是個好人嘛。」

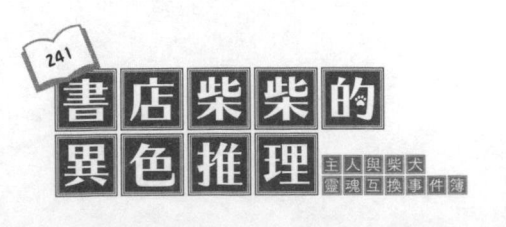

『真難以置信，我只覺得蟹江在說謊。』

拜託文吾顧店的晴子一個人回去姬川書店，秋兔與萩兔則在中途下車。

「為什麼他必須說謊呢？」

『因為被白雪威脅啊。』

萩兔反駁，但感覺沒有平常那種力道。

僅限這次，萩兔大大地打錯算盤。他以為只要說有人抱持相同的怨恨，蟹江就會上鉤，因而讓晴子說出有人要殺白雪這種話。不過，結果完全撲了個空，看來蟹江很感謝白雪似乎沒錯。萩兔一直懷疑白雪是壞人，但這件事反倒顛覆了萩兔這種看法。

『要不要現在去找白雪？』

「咦？去找他做什麼？」

『直接問他啊。』

「可是，你覺得那樣他就會說實話嗎？」

『哼！』萩兔從鼻子哼了一聲。『你愈來愈像個人類了。沒錯，所謂的人類會輕易說謊，不過要認真地貫徹謊言，需要相當的資質。』

「資質？」

『就是適合或不適合做某件事。』

「原來如此。」

『你別說話了，有一群小鬼從剛才就一直在看我們。』

在人行道旁群聚的高年級小學生們，默默盯著秋兔他們這邊看。

『要是他們開口搭話，事情就麻煩了。默默經過他們身旁吧。』

秋兔邊感受著孩子們彷彿會刺痛人的視線，邊緊張地走過他們身旁。他差點忍不住同時伸出右手與右腳。儘管如此，他還是勉強忍住，繼續行走。

『不要緊，他們沒有跟過來。不過為了以防萬一，你還是默默聽我說就好。』

秋兔輕輕點頭。

『你知道白雪的辦公室在哪吧？』

輕輕點頭。

『你知道電話號碼嗎？』

又點點頭。

『很好。既然這樣，你打電話到他辦公室，問他等一下能不能見個面。如果可以，跟他說我們大概二十分鐘後會到。明白嗎？』

秋兔拿出手機代替回答。

「啊，那個，我叫伏部秋兔，請問白雪克己先生在嗎？是的，嗯，說得也是。那

麼，我大約二十分鐘後會到，麻煩您了。」

然後，秋兔將沒有接通到任何地方的手機貼在耳朵上，向萩兔搭話。

「找到人了，我們走吧。」

『原來如此，手機嗎？這麼一來，多少能自然點對話。』

「對吧？」

秋兔將手機貼在耳朵上，面朝正前方，看來真的很開心似地這麼說。

雨雲從早上就緩慢移動著。

陽光從雲縫間洩出，天空封閉成灰色，光帶又移動起來，躲藏在雲朵後方。這現象不斷重複，天空慢慢被濃灰色籠罩住，彷彿將失敗的圖畫塗黑一般。

差不多是白晝會冒汗的季節，但風吹起來冷颼颼的。

潮濕的風與其說涼快，不如說讓人感覺到危險的氣息。儘管如此，秋兔依然很開心，因為有水的氣味。彷彿隨時會下起傾盆大雨的午後，沒有半個人在這一帶散步，萩兔說明了見到白雪後的步驟。

萩兔的說明結束時，一人一狗脫離了彎彎曲曲的狹窄小路，突然能看到白雪的辦公室。那感覺不太像辦公室，而是一棟兩層樓建築的新房子，十分寬敞。但這一帶的民家都保留著城下町的古早氛圍，辦公室與附近民家相差懸殊，宛如冷冰冰的水泥塊。

大型門牌上寫著「白雪防災科學研究所」。倘若沒有這些文字，那棟房子感覺就像巨大的墓碑。

秋兔來到玄關前，按下門鈴對講機，立刻有人回應。秋兔一報上名字，門就發出彷彿蟲叫般的電子鎖聲響並開啟。那是一扇感覺冷冰冰，不過相當厚重的鋼鐵製門扉。

從門後露面的是一名年輕男性。他可能有從事什麼運動，體格相當結實。

「請到這邊來。」

「那個，請問這孩子該怎麼辦？」

秋兔看向萩兔。萩兔則是因為被叫做「這孩子」，一臉不服氣地仰望秋兔。

「沒關係，請直接進來裡面。」

一人一狗在男人的帶領下走進房裡，可以穿著鞋子進房。

「盡頭就是所長的房間，所長在裡面等候。」

男人指向走廊的盡頭。

從這裡開始只有一人與一狗往前進。完全沒有裝飾的走廊讓人想到學校或醫院，途中有個通往地下的樓梯，看來這裡似乎也有地下室。

走廊盡頭又有一扇門，是跟玄關一樣看起來很厚重的鋼鐵門扉。門口沒有掛名牌或任何東西，因此沒人帶領的話，大概不會知道那是什麼房間。

秋兔站在門前，敲了敲門。

「請進。」

聽見聲音的同時，門從內側打開。

房間十分寬敞，兩邊牆壁堆滿了書籍，正前方有一扇大型玻璃窗，從斜坡上的二樓能將金澤的城鎮一覽無遺。因為法規的關係，沒有高大的建築物遮擋。晴天時應該能越過犀川，眺望到遙遠的彼方，但現在灰色雲朵占據了大部分視野，家家戶戶被薄霧吞沒，顯得距離遙遠。白雪背對著這只能說是幽玄的光景站在窗前，也像是會迷惑人心的妖怪美男子，與背景搭配起來，宛如象徵派的繪畫一般。

秋兔不由得看入迷了，在萩兔的催促下才總算開口問：

「他也可以一起在這裡嗎？」

為了保險起見，秋兔開口確認。因為這次沒被稱為「孩子」，萩兔十分安靜。

「請進、請進。」

白雪招了招手。

秋兔與萩兔一起往前進。白雪前面擺著一張弧度平緩的大桌子，桌子中央有個大螢幕背對著門。

桌子前面擺著一張椅子。

「請坐吧。」

秋兔坐在那張椅子上後，白雪也坐到椅子上。

「這裡地勢比較高，如果天氣晴朗，景色會很漂亮，可惜的是為了保護書籍，晴天會拉上厚重的遮光窗簾。只有像今天這樣的陰天，才會拉開窗簾。真不曉得為何要裝這扇窗戶呢。」

白雪面帶微笑地這麼說，同時按下對講機的按鈕。

「阿鯰，可以幫我端杯茶過來嗎？」

白雪這麼說，然後看向秋兔。從正面被白雪注視，秋兔不禁低頭看向腳邊。久違地在近距離見到的白雪，俊美到讓人呼吸困難。

「你在入口見過他對吧，那個體格壯碩的男人。他就是阿鯰。雖然名字很特別，但這是他的本名喔。他是我擔任消防官時的部下，現在是請他做些像祕書一樣的工作。我們已經認識很久了，他真的是個優秀的青年，就跟你一樣喔。那麼，你要說什麼呢？」

秋兔露出與平常不同的緊繃表情看著白雪，簡直像來面試的學生一般。

『快點開始。』

在萩兔催促下，秋兔才總算開口說：

「那個，雖然很突然，但白雪先生認識蟹江先生吧。」

「認識喔。」

「這麼問可能很失禮，呃，蟹江先生刺傷了白雪先生的未婚妻對吧。」

「沒錯。雖然是很久以前的事了。」

「你已經不要緊了嗎？」

「不要緊是指？」

「就是聽到他的名字也不要緊了嗎？我剛才去見了那位蟹江先生。」

秋兔凝視白雪的臉，想觀察他的反應，但白雪的表情絲毫未變。豈止如此，反倒是被白雪回看的秋兔感到驚慌失措。因為秋兔覺得，自己內心的聲音好像化為文字浮現在臉上。

「萩兔小弟在調查什麼呢？」

白雪用彷彿在閒聊的語調這麼問。

「關於白雪先生的事情。那個——」

『調查你這人是否值得信賴。』

「調查你這人是否值得信賴。」

「原來你不相信我啊。」

「不是那樣的，只是……」

「偵探遊戲還沒結束嗎？」

「不，不是那樣子。」

「我聽說你解決了很多事件。照這樣下去，我好像要失業了呢。」

『繼續說下去。』

「呃，可以請你回答幾個問題嗎？」

「請儘管問。」

「蟹江先生在你辭掉消防官那年，試圖自焚對吧。雖然以未遂告終，但他身負嚴重的燒傷。你知道這件事吧？」

白雪一語不發地點點頭。他的表情始終很溫和，看起來不像在生氣，也不像是感到慌張。

「我們……不對，我認為這可能是你為了復仇而設計的。」

「蟹江小弟怎麼說？」

「他說他是自殺，自殺未遂。」

『你果然無法說謊嗎？』

萩兔原本叫秋兔在這時說，蟹江坦承他差點被白雪殺掉。

「他不是壞人，但愛慕之情會讓人瘋狂，而且他當時才十五歲左右而已。」

「你不覺得火大嗎？」

「我當然恨他啊，而且他幾乎沒有被問罪。我認為，犯罪者應該要得到應有的懲罰。」

「所以你才想復仇嗎？」

「你要問的就是這個？」

「還有一點，白雪先生辭掉消防官後過了一陣子就去美國留學對吧。然後，從白雪先生回國那年起，火焰人的傳聞便擴散開來。那個，該不會火焰人就是白雪先生吧？」

「你是說我就是那個放火員妖怪嗎？」

秋兔原本就覺得自己無法從白雪口中探聽到什麼，不過，沒想到居然問什麼都會被轉移焦點。

「白雪先生，我覺得你看起來不像是會做壞事的人，也覺得你絕對不會做壞事。但是……」

「有人跟你說我是放火員妖怪嗎？」

「不是那樣的。」

表情背叛了一切，秋兔絕對無法說謊。

「舉例來說，看到年幼的小孩們在玩樂，我會打從心底希望這些孩子們可以幸福一

輩子。這種心情並不是謊言。不過，假如有人對我說，他要奪走我深愛的人的性命，或是奪走十個小孩子們的性命，叫我二選一，那我無法斷言自己不會為了拯救深愛的人，犧牲十個小孩子的性命。你覺得哪邊才是我的真心話？我是為了自己深愛的人，可以奪走十個小孩性命的壞人嗎？還是期望孩子們永遠過著和平生活的善人呢？」

「我覺得讓人做那種殘酷選擇的人是壞人。」

「那不算是回答呢。」

「我不想失去深愛的人，也不想失去十個小孩子。」

光是這麼說出口，秋兔的腦海中就有討厭的想像逐漸膨脹起來。

眼淚突然以讓人驚訝的氣勢撲簌簌地掉落。

「我討厭那樣……我不要。」

秋兔邊抽泣邊這麼說。

白雪將白色手帕放到桌上滑向秋兔，秋兔接過手帕擦拭眼淚。

「我現在也不斷在尋找，但依舊找不回深愛的人。」

白雪說。

「有人在我內心劃下無法癒合的傷疤。想要讓對方留下同樣的傷疤，是錯誤的想法嗎？」

秋兔沉默下來。

「人犯了罪應該要得到相應的懲罰。你覺得這是正確的嗎？如果有個壞人說要奪走你深愛之人的性命或是孩子們的性命，叫你二選一，你覺得那傢伙才該死嗎？」

無論哪個問題，對秋兔而言都太困難，腦袋彷彿會因為疑問與解答而腫起來。

「感覺要流鼻血了。」

秋兔帶著哭聲這麼說。

萩兔發出低吼，這是在抗議秋兔的態度。

「抱歉，一直丟問題給你。如果是我，我認為給予犯罪者應有的懲罰是理所當然的，這與法律是不同的倫理觀。但假如有某人懲罰了罪人，那個某人又會因為人類懲罰人類的傲慢心態，應該接受懲罰吧。」

『抓到把柄了啊，只差一步囉。』

「……這表示白雪先生果然向蟹江先生復仇了嗎？」

「天曉得。如果要我說出自己的祕密，你也應該公布有相等價值的祕密吧？你也有什麼重大的祕密，不是嗎？如果有的話，就拿來交換吧。」

『別上當了，這是陷——』

在萩兔說出「阱」前，秋兔便開口。

「如果我說出自己的祕密，白雪先生也會把你的祕密告訴我嗎？」

「可以這麼說。」

「我是狗。」

秋兔這麼說道，並盯著白雪的眼睛看。白雪沒有笑，也沒有說「別開玩笑」。他只是說「然後呢」，催促秋兔繼續說下去。

「我與主人的靈魂因為落雷而交換。因為兩邊的名字同音，所以名字就維持原樣，但靈魂交換了，我其實是一隻狗。」

「然後，那隻狗才是真正的萩兔小弟是嗎？」

白雪俯視萩兔，萩兔則瞪著白雪。

「沒錯。」

秋兔回答。

「原來如此，這就是你的祕密啊。」

「那個，你相信我說的話嗎？」

「我相信你不會說謊，或者該說你無法說謊。你大概毫無例外地無法說謊，這表示姑且不論內容真假，你都告白了真正的祕密。不對嗎？」

秋兔不是很懂地連連點頭。

「既然這樣，也來聊聊我的事吧。我那時憎恨著蟹江小弟，不是因為蟹江小弟刺傷我的未婚妻，而是因為他只受到保護管束處分就被釋放。他所犯的罪需要得到應有的懲罰，我認為他應該以死謝罪。所以，我把他叫到山上，讓他搭上我準備好的贓車。我們在車上交談時，蟹江小弟拚命謝罪，但就算看到他那樣道歉，我也無法原諒他。我在交談的同時，拿電鼠（myotron）抵住他的側腹。電鼠簡單來說就是電擊棒的同伴，而且使用電鼠不會留下任何痕跡，比用安眠藥或勒住喉嚨更能確實讓對方無法行動。

我確認他無法動彈後，用膠帶封死車門和車窗。我自己要下車的門，則從內側先貼上膠帶後才打開車門。然後，我將燈油倒在蟹江小弟身上。我一邊倒一邊向他說明：『我等一下要在你身上點火。你很快就能夠行動，但何時能動得看你的運氣。就算火滅了也會因為燃燒產生的一氧化碳而中毒死亡，所以身體能動之後，立刻跑到車外才是上策。我會把這支手機放在車外，換句話說，只要運氣夠好，你就會得救。得救的你可以報警舉發我，因為那時候你已經得到與你的罪過相等的懲罰。』

我只說明了這些，走到車外後用火柴點火。一度爆開來的火焰立刻慢慢變弱，這是因為雖然不算是完全封死，但車內氣密性很高，缺乏氧氣。在火熄滅前會產生一氧化碳，一氧化碳是種劇毒，根據濃度也會瞬間致人於死。

我留下他，自己徒步走回車站，走的是與車道完全不同的獸徑。結果蟹江小弟並沒

有死，還主張自己是自殺未遂。我領悟到那正是他的贖罪已結束的證據。至於我給予了別人懲罰，因此在那之後必須以別的形式來懲罰如此傲慢的我。」

『這是自白啊。』

「這是自白嗎？」

「我把祕密告訴了你，就只是這樣。」

「如果我向警察說這些事——」

「我也會把你的祕密公諸於世。」

「咦……只要我不承認，沒有人會相信這種事吧？」

「那麼，你覺得你告訴警察關於我的事，警察就會相信嗎？明明沒有任何證據，唯一的證人也主張他是自殺未遂。」

『我會找出證據，一定會找出證據的。』

「牠好像有異議呢，大概是打算找出證據吧。」

「咦，你聽得懂主人說的話嗎？」

「你稱呼牠為主人嗎？原來如此。」

「你到底知道我們的什麼事？」

「你們的靈魂交換了對吧。」

「是沒錯啦……」

「這世上存在無限種人類的力量無法估算的事。就算我其實是妖怪的化身，也沒什麼好不可思議，不是嗎？萩兔小弟。」

白雪向萩兔搭話。

「為了懲罰人類無法制裁的罪，火焰人會點火，火焰人就是這種妖怪。」

『再多問一些關於火焰人的事。』

「你就是火焰人對吧？」

「可能是，也可能不是。妖怪不就是這麼回事嗎？」

「你是說火焰人是制裁罪惡的正義妖怪嗎？」

「他一輩子都無法逃離傷害了一名少年的罪過。為了贖罪，他會弄髒自己的手來摧毀毒蟲，直到那名少年說出真相的那一天為止。」

「但那些事情交給警察處理不就好了嗎？」

「這世界上啊，存在一種天生的邪惡，危害世人就跟呼吸一樣自然，必須有人制止他們才行。」

『問他跟田邊有什麼關係。』

「請問你跟田邊先生有什麼……」

這時記憶突然復甦。

「啊，這麼說來，你曾跟晴子小姐說『那個男人不會再給你們添麻煩了』。啊、啊，這麼說來，蟹江先生那時的情況，跟田邊先生遭遇的意外很相似。這麼說來，主人那時曾說『那是某人為了正義而動手』，真是厲害呢。」

『夠了，別再說了。』

「啊，可是他知道主人的事情呢。」

秋兔猛然驚覺，看向白雪的臉。

白雪默默點頭。

「田邊先生遭遇的意外，是白雪先生下手的吧？」

「我用盡各種手段把田邊逼入絕境，讓他無法繼續為非作歹，僅此而已。雖然我說要摧毀毒蟲，但我覺得對方死掉也無所謂的情況，只有蟹江小弟那時而已。田邊出的車禍有可能死亡，不是我設計的。」

「啊啊啊，那麼，那個是怎麼回事？偷拍者的攝影機燒起來的事件。因為那次事件，發現那傢伙是個宛如惡魔般的強姦犯，再次逮捕了他對吧？」

「那男人正是個散發劇毒的生物，直到有人踩爛他的頭為止，他都不會停止惡行。」

「那麼、那麼，那個怎麼樣呢？」

秋兔激動到呼吸都急促起來。

「蓮田古物商的小火災。咦？可是，那是誰不好呢？那個叫蓮田的人是窮凶極惡的壞人嗎？」

「那也不是我做的。」

『還有另一個火焰人！』

「還有另一個火焰人！」

秋兔與萩兔異口同聲地說道。

7

夕陽正要西下。從早就有的雨雲被夕陽照出紅框，彷彿一幅怪異的畫。

文吾放在姬川書店門口的特別座（板凳），此刻沒有任何人坐著。這應當是晴子司空見慣的情景，但主人不在的板凳，助長了晴子的不安。

她拉開玻璃門進入店裡。

櫃檯裡沒看到文吾的身影。

「奇怪？」

晴子故意發出聲。

「爸爸？」

晴子漫無目標地呼喚，環顧店內一圈，雖然店內空間也沒寬敞到需要環顧。

封面朝上平擺在文庫架上的書本，崩塌摔落在地上。倘若是平常，晴子不會把這種事放在心上，只會默默整理好，但此刻她覺得這很不吉利，內心騷動不已。

晴子撿起書放回架上，進入裡頭的辦公室。攤開的紙箱和雜亂放在鋼製辦公桌上的文件，都顯示文吾原本工作到一半。

就算文吾是出門辦事，也會立刻回來吧——晴子這麼心想，說服自己。最重要的是玄關沒有上鎖，文吾不可能放著沒鎖的玄關長時間外出。

晴子心想說不定是在樓上，走向店裡頭的電梯時，電梯響起到達樓層的電子聲，電梯門打開。

「媽媽。」

晴子鬆了口氣。

母親從電梯裡出來，一臉訝異地望著晴子。

「怎麼啦？看妳一臉驚訝。我看起來像幽靈嗎？畢竟是雀色時刻嘛。」

「那是什麼呀？」

「就是指傍晚，也叫做逢魔時刻。妳知道在一天當中，這段時間是人影最模糊的時刻嗎？」

「我哪知道呀。先別管這個，爸爸上哪去啦？」

「他剛才出門囉，還拜託我顧店。」

「咦，拜託媽媽？」

「我也是能顧店的啊。」

「我想也是，但真稀奇呢，爸爸明明很寶貝媽媽，當成溫室花朵般照顧。」

「妳在說什麼呀。」

母親笑了笑。她一如往常的笑容，稍微消除晴子的不安。

「話說爸爸上哪去了呢？」

「好像是高峯家的人聯絡他。那對兄弟的感情很差對吧，似乎是他們兄弟又起爭執，拜託你爸去幫忙仲裁的樣子，所以他才拜託我顧店。」

「是本店那邊？還是分店？」

「他說是新的那間店，不曉得是哪邊呢。」

「打電話來的嗎？」

「應該是吧。怎麼這麼問？妳有事找爸爸嗎？」

「也沒有啦。」

晴子總覺得哪裡不對勁，內心又騷動起來。她拿出手機聯絡文吾，但機械聲告知對方現在無法接聽電話。就算傳送簡訊文吾也不會回覆，不過為了保險起見，晴子還是傳送了一封「請跟我聯絡」的簡訊。

「媽媽，已經可以了，我來顧店就好。」

「這樣嗎？太好了。」

母親應該對出來顧店一事感到不安，她的表情頓時開朗起來。

「那就拜託妳囉。」

母親匆匆搭電梯回房。

晴子走進櫃檯裡，看向玻璃門的對面。夕陽似乎在眨眼間落下了，天色就宛如半夜一般漆黑。

「沒什麼好擔心的，沒什麼好擔心的，沒什麼好擔心的……」

晴子彷彿念咒般重複這句話，說服自己。

8

「這個鎮上的確有放火員。」

白雪說。

「而且，我不小心協助了那個放火員誕生。」

「這話是什麼意思？」

秋兔問。

『聽好了，別上當啊。』

萩兔發出低吼，秋兔輕輕點頭。

「那是我在加州理工學院研究『挫曲』時的事情。有一個十六歲就跳級入學，名叫葉青的天才少女。她的研究也是以火災物理為首的安全工學，因此我們經常碰面。」

葉青對防災感興趣的契機，亦是美國發生的九一一恐怖攻擊事件。據說，她的雙親當時待在世貿中心大樓的北棟，在事件中犧牲了。由於兩人同樣是亞洲人，不知不覺間，白雪與葉青建立出類似師徒般的關係。她很迅速地吸收白雪擁有的知識，化為自己的東西。最重要的是，她對於火焰擁有動物般的直覺。在與火焰燃燒和爆發相關的實證

實驗中，她徹底發揮了那種力量。她對火焰的興趣可說是相當特異。

「她簡直像把火焰當成寵物般看待。火焰確實會像生物般行動，誕生、茁壯、消滅的過程也很類似生物。依據何謂生物的定義不同，火焰也有符合條件、可稱為生物的情況。但就算這樣，一般人也不會把火焰當成真正的寵物。這是當然的。不過正因為她有那樣的想法，在製作燃燒實驗的裝置和處理實驗數據這方面，她能提出別人想不到的大膽假設，且證實了好幾個假設，是個非常優秀的學生。」

有一段時間，兩人的關係十分融洽。但白雪在中途察覺到葉青的心意有了變化。

「她把我當成戀愛對象看待。我察覺到這一點，心想這下傷腦筋了，所以謹慎起來，提醒自己不要做出讓人誤會的言行舉止，而且私下絕對不與她碰面。對我而言，葉青的年齡就像女兒一般，不管怎麼看都不是戀愛對象。但是，我這種冷淡的應對，似乎反倒煽動她的心意。」

她屢次藉故接近白雪，對他噓寒問暖。她經常黏在白雪身上並牽手，還主動抱住白雪。白雪忠告了葉青好幾次，要她別這麼做，以免有負面流言傳開，但毫無作用。

「某天，她突然提起我在日本的未婚妻。」

葉青開始詳細調查白雪的隱私，也知道當時沒有公布在媒體上的蟹江名字。

「然後就像你們一樣，她認為蟹江小弟的自殺未遂是我搞的鬼。」

她拿這件事做出像是威脅的行為，所以白雪把她當作跟蹤狂報警處理。

「最後她甚至擅自入侵我家，引發縱火事件。這件事鬧到警察出動，結果她被趕出了大學。」

之後，白雪徹底調查了葉青的事，因為他不認為葉青的跟蹤狂行為會就此打住，結果發現關於葉青的大部分情報都是假的。

葉青能進入大學就讀，是偽造並竄改了文件，天才少女這個稱呼也是假的。豈止如此，就連出身學校都是捏造出來的。扶養她長大，照理說目前與她同居的叔父夫婦根本不存在，她一直是一個人生活。完全不清楚她的收入從哪來，又是怎麼湊出學費。據說在恐怖攻擊事件中死亡的雙親，同樣完全是騙人的。除了學校裡的人，沒有任何人認識她。恐怕「葉青」這個名字也並非本名吧，年齡亦不詳。關於她的履歷，全部都是虛假的。

她自白雪面前銷聲匿跡。

白雪立刻聯絡了待在日本的鯰。白雪曾拜託鯰照顧蟹江，蟹江的生活費和學費都是從銀行透過鯰交給蟹江。除此之外，鯰也會依照白雪的指示，照料蟹江的生活。

白雪擔心葉青跑去找蟹江。假如有那種可能性，他打算立刻回國。

不過他擔憂的事一次也沒發生，結果，白雪按照預定計畫在隔年回國。

「然後，我思考著應該用自己得到的力量做些什麼，並決定付諸實行。那就是用肅清的業火淨化法律無法制裁的罪犯。我認為這樣弄髒自己的手，便是對我的懲罰。或許是具備了某種天分，我沒有被任何人發現，能夠一直贖罪。然後，某天我發現一件事。葉青——不，是那個真面目不明的女人，已經來到日本。」

「那名女性就是另一個火焰人吧。」

「她是個放火員。為了賺錢，她利用了在大學獲得的知識。然後，她也具備某種天分。就某種意義來說，她跟我很像，而且是我把她培養成最惡劣的放火員。我知道這時後悔也太晚了，所以必須阻止她才行。為此我一直追蹤她工作的痕跡，以獲得決定性的證據。」

「那名女性人在金澤嗎？」

「對。只不過，我遲遲找不到她從事放火員這項工作的確切證據，直到那一晚才發現決定性的證據。」

那一晚，白雪為了懲罰不斷犯下性犯罪的男人，採取了行動。他潛入男人的公寓，在男人平常用來偷拍的包包上動了手腳。他設下機關，只要打開裝設在包包裡的ＣＣＤ攝影機電源，經過一段時間後，蓄電池就會起火。

那時是半夜。

白雪順利設置完機關，要回到停在附近的車上時，在途中發現小火災。他本想滅火，但剛工作完要回家，萬一被人發現，遭到不必要的懷疑可就傷腦筋。因此，白雪從附近的電話亭撥了一一九通報火災。

電信公司會提供撥號地點情報給消防局和警方，在他們接到來電的同時，告知位置與撥號者情報。白雪有時也會視情況自己通報消防局，因此事先調查過現今數量愈來愈少的公共電話地點。

在白雪打完電話走出電話亭時，遇見了藤五郎。藤五郎不知何故，一見面就對白雪吠叫。看牠尾巴搖到都快斷了，似乎也不是對白雪抱持敵意。倒不如說，牠好像很興奮的樣子。不知何故，牠突然就很親近白雪，怎樣也不肯離開白雪身旁。白雪已經聯絡了消防局，不太想在那附近多留，最重要的是藤五郎一直吠叫，彷彿迷路的小孩總算見到父母般纏著白雪不放，因此，白雪讓藤五郎坐上自己開來的廂型車，就這樣把牠帶到研究所。白雪知道藤五郎是有人飼養的狗，打算改天再尋找飼主，讓牠回家。

「幸好在那之前就被你發現了，因為這樣才能立刻把藤五郎小弟還給牠主人。」

「那麼，那場小火災是——」

「我後來調查過了，是簡單的詐欺。不是詐領保險金，而是事先寄放像垃圾般的茶具，再拿茶具燒毀當藉口來敲詐一筆的手法。不過以這種詐騙手法來說，對方花了很多

功夫設計。要找出帶茶具去蓮田先生那裡寄放的男人並不難，那男人是個小混混，很輕易就招認。他說這個手法是一名女性教他的。我恐嚇那男人說縱火是重罪，但只要他作證是那女人教唆的，他的罪狀就能多少減輕一點。我勸他向警方自首，然而在隔天，男人便不見蹤影。儘管阿鯰一直在暗中監視，但只有一個人長時間跟監，終究會出現漏洞。在那時跟丟後，我一直未能掌握到對方的行蹤，直到那女人對下一個男人動手，才總算掌握到證據。」

「她下一個動手的男人是田邊嗎？」

「沒錯，田邊差點被那女人殺害。從她的做法來看，之前的小混混可能真的被她處理掉了。」

「你說被處理掉，是指——」

『就是被那女人殺害了。』

「可是，請等一下。那女人是在哪邊跟田邊扯上關係的呢？田邊也在哪裡縱火了嗎？」

「因為田邊讓那女人有點不愉快。」

「不愉快？」

「田邊到女人打工的店大鬧一場，他的態度觸怒了女人吧。」

『鯉淵七子！』

「是七子小姐嗎？」

萩兔與秋兔同時說道。

「以我的立場來說，如果直接露面可以讓她放棄犯罪行為，我覺得那樣就行了，但情況看來也不容許我這麼說。」

「七子小姐已經不在店裡了喔。」

「我知道，她會逃走應該是因為我終於開始採取行動吧。我目前正在尋找她的下落，她似乎還沒有去外縣市的樣子，我想她一定還待在市內。」

「為什麼你會這麼認為？」

「因為高峯本店的老闆打算詐領保險金，她是共犯。在那個計謀達成前，她應該暫時不會離開市內。」

「即使她明知道白雪先生在監視她嗎？」

「因為她熱愛危險啊，她把這種互動當成遊戲看待。我沒義務陪她玩遊戲，所以已經採取了對策，照理說會在下次放晴的日子付諸實行，不過——」

不知不覺間，背後的窗戶被黑暗塗抹成一片漆黑，窗上映照出秋兔一臉不安的表情。是雨雲讓城鎮陷入黑暗。

這時，手機的來電鈴聲響起，秋兔彷彿被槍彈擊中般跳了起來。

「哇！嚇我一跳。不……不好意思，失陪一下。」

秋兔拿出手機，是晴子打來的電話。

「怎麼了嗎？」

『我爸突然出門，我打手機聯絡他，但他沒接電話。我有點擔心，想等一下去接他回家。讓我媽顧店也不太好意思，因為她是個很怕生的人，所以可以請萩兔來幫忙顧店一下嗎？』

「可以，但我還在白雪先生的辦公室，所以會花一點時間。伯父上哪去了呢？」

『我想是高峯本店吧。爸爸從以前就跟那家兄弟很親密，好像是對方說有事要商量才被找出去。』

「既然這樣，等他回來不就好了嗎？」

『是這樣沒錯，但我打電話給高峯本店，他們說老闆出門參加公會的會議；打給分店，他們說公會相關的事情都交給大哥處理，結果還是聯絡不到爸爸。所以，我有種不好的預感。』

「我知道了，那我現在就前往書店。可是，文吾先生一定是跟高峯先生約在外面碰面吧？」

『應該是，他曾說會在新的店碰面，所以搞不好是約在建造中的店鋪見面。為了保險起見，我想去接他回家，書店就拜託你囉。』

秋兔收起電話，向白雪說道：

「雖然還有些事情想問你，但有人找我去幫忙。」

「晴子小姐嗎？」

「沒錯，真虧你猜得出來呢。」

「她說了什麼？」

「好像是高峯先生有事找伯父，伯父就突然出門了，然後她很擔心，想去接伯父回家。晴子小姐真是個孝順的好女兒。」

「高峯是說本店還是分店？」

「好像說是新的店。」

「新的店是嗎？我知道了，我開車送你，我們一起去姬川書店吧。」

「咦，可以嗎？」

「你很急對吧？可能的話，我也想再見姬川先生一面，所以不用客氣。」

秋兔看向萩兔，萩兔依然保持沉默，秋兔判斷他這是答應的意思。

「那就麻煩你。」

秋兔鞠躬行了個禮，這麼說道。

9

文吾鑽過隔音防塵布，進到施工中的建築物裡。

他呼喚高峯的名字，但沒有回應。

他疑惑地想著，為什麼會被叫到這種地方。

高峯兄弟確實會拜託文吾仲裁他們的爭執。每次碰面，大哥高峯要都會找文吾商量說：「我弟弟貢很生氣，照這樣下去，不曉得他會對我做什麼。」看來是真的很害怕。所以，文吾一直覺得遲早得跟兄弟倆好好談一談。但是，他沒想到會在平日的晚餐時間，特地被叫到正在施工的新店舖。而且最重要的是，找文吾出來的電話，是自稱店員的女性打來的，這點十分奇妙。那聲音聽起來像個可愛的小孩，但文吾不懂高峯為何特地拜託店員轉達。這是兄弟間相當私人的事，一般應該會親自聯絡吧，為什麼讓店員聯絡文吾呢？

「高峯。」

文吾呼喚著高峯的名字，走向店內更深處。

雖說正在施工，但看來幾乎都完工了，內部裝潢也已大致完成，還亮著電燈。雖然尚未布置，但家具和廚房的機器好像也幾乎都搬進來了。那些器材蓋著白色棉布防塵，文吾心想簡直像家具的幽靈一樣。

「高峯，你在哪？」

文吾再次呼喚，但無人回應，令他有點火大起來。高峯突然叫人過來，文吾才急忙趕來，但他居然不出來迎接。文吾沒想到高峯是這麼沒禮貌的人。

不過，在文吾氣沖沖地往無人的店內深處前進時，慢慢不安了起來。

該不會是貢來到這裡後，兄弟倆吵了起來吧？會不會是吵到最後，有哪一方受傷了呢？要該不會倒在店裡的某處吧？

文吾呼喚著高峯的名字，同時走向更裡頭的廚房。

有油的味道。

單槽式油炸機發出咕嚕咕嚕的聲響。文吾曾聽說新店不僅提供日式點心，也會製作西式點心，所以這應該是打算製作甜甜圈之類的油炸點心吧。

不過話說回來，為什麼油會沸騰呢？

文吾感到疑惑。

他也感受到除了油炸氣味以外的味道。

是酒精的味道。

文吾環顧房間，發現角落放著兩個業務用的大型馬口鐵罐。走近之後，酒精的味道變得更濃，那似乎就是味道的來源。罐子上貼著商品名稱，看標示是食品添加物。為了讓點心能放久一點，確實會摻雜乙醇當添加物，或是弄成霧狀噴灑在點心上。不過，很難想像日式點心老舖首次挑戰西式點心時會使用這種東西。而且馬口鐵罐有兩個，到底是為了什麼需要這麼大量的酒精？

不過文吾的疑問只到這邊為止，他心想總之現在必須見到要才行。

「高峯，你別鬧了，快點出來吧。」

「歡迎光臨。」

文吾聽見了像小孩般的尖銳聲音。是在電話裡自稱店員的女人聲音。

「誰啊，開什麼玩笑？」

「我沒有在開玩笑喔。」

這麼說並從大型調理桌陰影處現身的，是鯉淵七子。

「為什麼妳會在這種地方？」

「我跟高峯先生有點緣分。」

「要在哪裡？」

「他好像去參加公會的全體會議。」

「全體會議？是要找我出來的耶。」

七子連連點頭。

「店員說他在這裡等我，叫我過來……」

文吾不禁「啊」了一聲。

「是鯉淵妳把我叫來這裡的嗎？」

明明應該立刻注意到這種事，但實在太出乎意料，腦袋沒跟上狀況。

「您真敏銳。」

七子呵呵笑了，那是她在店裡不曾露出、宛如孩子般的笑容。

「這是怎麼回事？可以請妳說明一下嗎？」

「我有事拜託您。」

「是高峯拜託的嗎？」

「不是喔，是我個人的請求。」

「妳在說什麼？為什麼我得在這裡聽妳的請求？再說，妳為什麼會在這種地方？妳跟高峯是什麼關係？」

「我們有生意上的往來。」

「生意？我一點也不懂。妳沒辦法好好說明的話，我要回去囉。」

「等等。」

七子說著，飛奔到文吾身旁，然後像要撞上去似地緊抓住他不放。

「求求您。」

七子在文吾耳邊低喃。

「請您抱我。」

「快住手。」

文吾試圖推開七子。不過，雖說對方是女性，但他也沒辦法輕易拉開拚命緊抓著自己不放的人。

「適可而止吧！」

文吾怒吼，推開了七子，或許該說是撞飛她比較正確。

七子身體後仰，倒退了兩三步。

「為什麼要這樣呢？」

看到七子一臉悲傷地這麼說，文吾也覺得自己好像太粗暴了點。

「我之前說過吧？對於年紀就像自己孫女一樣的少女，我怎麼可能有那種感覺。更

何況我是有妻小的人。我深愛妻子，打從結婚後，這種蠢事我一次也沒想過。」

「我明白您是個誠實正直的人，可是，我的年紀並沒有小到可當您的孫女喔，而是跟令嬡差不多。而且，我當然知道您是有妻小的人。可是，假如尊夫人因為意外事故身亡，您會怎麼辦呢？比方說，因為火災失去一切的話。到時您也是單身，不管做什麼都不成問題。」

「就算我失去妻子也不會考慮再婚，尤其不會跟妳再婚。妳該適可而止了吧。」

「您討厭我嗎？」

「那當然，我怎麼可能喜歡會做這種事的人。」

「我被討厭了呢，真傷腦筋，但我覺得您一定會改變心意。我有很多種說服您的方法，比方說，像這樣。」

七子的右手握著小刀。

「您願意說您愛我嗎？」

七子凝視著文吾，眼神彷彿被拋棄的小孩，但看她手上拿著小刀，實在沒什麼好可憐的。豈止如此，這反倒更突顯她的異常。

「笨蛋，那種東西才威脅不了……」

七子用刀刃抵住自己的喉嚨。

她柔軟白皙的喉嚨流下一絲血。

「別做傻事！」

刀刃更進一步地陷入喉嚨，血液分成兩絲、三絲，染紅了衣領。

她的行動沒有絲毫猶豫，文吾看得出來那不是虛張聲勢或開玩笑的舉動。

「我知道了，妳先慢點。」

文吾這麼說，同時靠近七子。

「妳冷靜想想吧。就算妳這麼做，男人的心也不會改變喔。」

文吾慢慢走近七子身旁。冰冷的汗水一口氣冒出來。

「快住手，把刀子給我。」

他露出僵硬的笑容，靠近到勉強能搆到小刀的距離。還差一點，還差一點——文吾一手伸向前方，踏出腳步前進。

或許說服起了作用，小刀緩緩離開七子的喉嚨。

文吾大大吸了一口氣，下一瞬間，他撲向七子。

他打算搶下七子手中的小刀。

文吾抓住七子的手腕，七子沒有特別反抗，很乾脆地讓小刀掉落在地板上。文吾鬆了口氣，身體放鬆下來。

「別做這種傻事——」

在文吾話說到這邊時，發出了什麼東西爆裂的聲響。

文吾感到側腹十分疼痛。從側腹到腳尖竄過一陣劇痛，同時全身放鬆了力量，感覺像氣力從身上開的洞口流走。

文吾癱軟無力地當場倒落。

這種虛脫感讓他連一隻手都動不了，已經喪失爬起來的力氣，絕望與無力感緊抓著文吾不放。

七子俯視著文吾，她手上拿著像是攜帶型電鬍刀的東西。

文吾拚命擠出剩餘的氣力，開口說道：

「快住手……」

他發出了彷彿低喃的聲音。

「真可憐。能救你的就只有我喔。你是否明白這一點呢？這麼一來，你就會回應我的愛吧。」

七子一臉得意地俯視文吾。

10

來的時候明明在宛如迷宮的道路上迷惘了那麼久才抵達，但離開研究所後，一直是行駛在筆直的道路上。秋兔覺得這好像某種魔法，雖然萩兔一臉理所當然的表情坐在座位上。

「請問，高峯先生真的打算詐領保險金嗎？」

「沒錯，而且可以確定是七子教唆他的。」

「可是要怎麼做？」

「就是縱火。並不是多困難的手法，簡單來說，只要在容易發生火災的地方有火災發生就行了。根據我的調查，那間新蓋的店似乎保了超過一億圓的保險。」

「可是要怎麼縱火呢？」

「這間新蓋的店會販售日式點心和西式點心，這是最重要的伏筆。」

「什麼意思？」

「他們購買了油炸機，名義上說是要製作甜甜圈這種油炸點心。」

「油炸機是什麼？」

「就是以高溫保存油，用來製作油炸物的機器。他們打算拿那個當點火裝置吧。另

外還購買了大量用來消毒和保存的酒精。酒精的確也會用在點心上，但日式點心老店應該不會使用那種感覺會對味道有影響的添加物。換句話說，不管怎麼想那都是燃燒加速劑。」

「就算這樣，我還是不太懂。如果是老舊的中古住宅還能理解，但是，突然燒掉花了大筆錢建造的新店面，就算領到保險金，也幾乎沒有賺吧？」

「的確，如果是像樣的建築物，全部燒毀後領到的保險金與用來建造的金額不會有太大差距。不過，施工的是高峯的老朋友經營的建設公司。那間公司的社長喜歡賭博，在業績原本就不好的時候，賭博也是一直慘輸，現在欠了一屁股債還不出來，照這樣下去，公司肯定會破產。這種公司承接了高峯新店的建設，講白一點就是為了錢什麼都肯做，於是高峯拜託那男人建造一間幾乎派不上用場、就像是紙糊的店。而且，從內部裝潢到廚房用的調理器材，都是那間公司承包的。在保險公司審核時，便能做出滿紙謊言的報告。也就是說，高峯蓋了一間用來燒掉的房子。」

「我不是很懂。那樣該怎麼說呢，不是很浪費嗎？」

「雖然很費功夫，但能拿到一筆錢，並不是毫無益處。雖然是犯罪啦。他應該也打算利用兄弟感情不好這一點。萬一火災被懷疑是人為縱火，他打算主張犯人是弟弟。他應該為此事先埋下了伏筆。讓世人知道他們兄弟的感情不好，也是計畫的一部分。」

「現在文吾先生被找出去，會是作戰計畫的內容之一嗎？」

「這就是問題所在，照理說不會挑在這種日子縱火，所以可能單純是想找文吾先生商量事情而已……」

雨水滴答滴答地打在前擋風玻璃上，隨即下起了像在敲擊似的大顆雨滴，景色瞬間變得霧濛濛。

白雪打開雨刷，傳來彷彿小動物哀號般的聲響。只能聽見那樣的聲響，耳朵似乎被雨聲給堵塞住了。

變成傾盆大雨後沒多久，車子來到姬川書店前。

「好，書店到囉。」

「非常謝謝你。」

「鐵拉門是關著的，不要緊嗎？」

「是的，不要緊。我問了一堆沒禮貌的事，真的很抱歉。」

「不會，我們彼此都會保密。這樣就行了吧？」

「是的。」

「萩兔小弟也可以接受嗎？」

萩兔在後座吠了一聲。

下車後，瞬間就淋成落湯雞，秋兔連忙跑到屋簷下。

白雪的迷你廂型車離開後，秋兔莫名感到不安。

天空被漆黑的烏雲籠罩著，簡直像半夜一樣。

『按下那邊的門鈴。』

秋兔按下位於鐵拉門旁的門鈴後，傳來「嘰嘰」的刺耳聲響。

『怎麼回事？明明是她找你來的。』

「是怎麼回事呢？」

彷彿在回應秋兔的聲音，鐵拉門打開了。

晴子的母親一臉不安地站在門後。

「哎呀，怎麼啦？怎麼會在這種時間過來呢？」

「是晴子小姐拜託我來顧店，我才過來的……」

「你說晴子呀，她好像很擔心她爸，已經出門去迎接。哎呀……雨勢真大呢。」

她仰望天空說道。

「晴子任性地說今天乾脆關店，很迅速地整理收拾店內。那大概是十分鐘前的事吧，對不起喔。」

「這樣啊。我聽說她要去高峯先生那裡迎接伯父，請問是本店還是分店呢？」

「她兩邊都打電話問過，但她爸好像兩邊都沒去。」

『是正在施工的店。』

「可能是去了正在施工的新店鋪嗎？」

「天曉得呢。我先生和晴子都像子彈射出去一樣，一去不復返。晴子明明是個女孩子，為什麼老是像到她爸這種地方呢？不管是哪邊，應該都很快就回來了，請進來喝杯茶等他們吧。」

秋兔原本想說「那就打擾了」，但他看向萩兔，只見萩兔默默搖了搖頭。

「承蒙您的好意，但我還是去找他們好了，等大家都回來再喝茶。」

「那麼，我先去準備等你們回來囉。」

「找到人的話我會聯絡您。待會兒見。」

鐵拉門拉了下來，秋兔從背包底部拿出折疊傘並撐開。

「好，我們走吧。」

『我原本認為只要探索氣味就行了，但雨下成這樣，沒辦法啊。』

「說得也是。總之，我們先去施工中的店鋪看看吧。」

秋兔他們衝進了傾盆大雨中。

11

雨勢變得更加劇烈。

即使待在室內，也能聽見敲擊般的雨聲。

文吾被七子用金屬膠帶綁在折疊椅上。他的雙腳被綁在椅子腳上，雙手則是在椅背後方用膠帶纏捆了好幾圈，簡直像被蜘蛛捕捉的小蟲。

他的前方擺了一張小桌子。

圍裙打扮的七子拿了一個大盤子過來。

「真快樂呢，文吾。」

不知不覺間，她直呼起文吾的名字。裝在盤子上的是切成小塊的哈密瓜、橘子、奇異果、桃子還有葡萄。

七子將盤子放在桌上。

她用叉子叉起哈密瓜，拿到文吾的嘴巴前。

「來，張開嘴～」

「妳這麼做到底——」

七子強硬地將哈密瓜塞到文吾正在說話的嘴裡。哈密瓜在嘴角被壓扁，流下甘甜的哈密瓜汁。

「很好吃吧？我也想過要做更精緻的東西，但做點心很困難呢。那麼，如何？你喜歡上我了嗎？」

七子將臉湊到文吾面前，渴望著回答。

「就算我現在在這邊說喜歡妳，妳也絲毫不會相信這種話吧。」

七子手上拿著剛才讓文吾瞬間動彈不得的黑色塑膠製器具。

那就是電鼠，是白雪曾對蟹江使用的一種電擊棒。電鼠與電擊棒不同，看不見電極，所以看起來更像是無害的玩具。

從被蓋住的電極能釋放每秒二十八到三十五赫茲的高脈波，這比電擊棒更能對人體深處造成影響，在麻痺隨意肌並讓人無法行動的同時，也阻斷訊號傳送到會振奮鬥志的下視丘，讓人完全喪失鬥志。很多人在這時就會昏迷，根據個人體質不同，即使從休克狀態恢復，也有甚至無法對話的情況。至於文吾，雖然一開始的疼痛已消失，但精神依舊委靡不振。儘管如此，他沒有昏過去已經算是好的了。

「用威脅的方式讓人說喜歡妳，這種話妳聽了覺得開心嗎？」

「很開心喔，因為只有說出口的話語才是真實的嘛，還要再奢求什麼呢？所謂的內

心——」

七子用叉子叉起哈密瓜扔入自己嘴裡。她發出沒氣質的聲音咀嚼著哈密瓜。

「沒辦法像這樣享受吧。」

「我喜歡妳。」

文吾宛如咒罵似地說道。

「怎麼樣？這樣妳滿意了嗎？好，快點替我鬆綁。」

「謝謝你。文吾說了喜歡我呢，我也喜歡你。那麼，你愛我嗎？」

「妳打算把我怎麼樣？妳到底想做什麼？」

「你先回答我的問題。好啦，快回答我。」

七子亮出右手拿的電鼠。

「我愛妳。」

七子像小孩一樣咯咯笑著。

「我最喜歡命令大叔了。那些自尊心強烈的大叔啊，就算一直拚命抵抗，最後還是會聽從我說的話。大家都是這樣，除了一個人以外。我原本不打算對文吾做這種事，也不是自己喜歡才用這種粗俗的做法。我本來想好好地從寫情書開始，交往之後再上床，享受戀愛的樂趣。但文吾明明聲稱自己喜歡文學，卻很遲鈍呢，無可奈何之下我才主動

告白，結果你就叫我離開。是怎麼回事？」

「我的做法確實有點粗暴也說不定，但比起溫柔到讓妳誤會，倒不如說清楚——」

「藉口會讓我頭痛，不用說廢話了。如果那張嘴只會講我不想聽的話，我要縫起來喔。」

文吾閉上嘴瞪著七子。

「討厭，我說笑的啦。不過算了，文吾好像也變老實了，我就回答你剛才的問題吧。其實這裡是我的職場，我本來不想用在這種事情上頭，但已經怎樣都無所謂了，因為有礙眼的傢伙阻擾，讓我難以工作。啊啊，光是想想就讓我煩躁。」

七子神經質地抓了好幾次頭髮。

「再說這城市本來就很難工作，真是一座名副其實的潮濕城市，連續好幾天都是雨天、雨天、雨天。我的火焰好可憐。這城市真的跟我不合呢，今天也變成這樣。」

七子將手貼在耳朵上，聆聽著外面的聲響好一會兒，雨聲中還摻雜著自遠方傳來的雷聲。

「雨天！雨天！雨天！還有河川與水渠！這種城市最好腐爛毀滅。」

「閉嘴！」

文吾這麼說了，他也很驚訝自己居然能這麼堅定地發出聲音。

「妳要是再繼續侮辱金澤，我絕不饒妳。」

「絕不饒妳。」

七子故意模仿文吾的語調說話。

「你不饒我的話，打算怎麼做呢？」

「打算這麼做。」

聲音是從廚房入口傳來的。

七子轉頭一看，只見晴子氣勢洶洶地站在那裡。她手上拿著附鉤子的金屬棒，那是用來關閉鐵拉門的棒子。

「爸爸，你沒事吧？」

「晴子，快點逃。妳趕緊逃走，去叫警察！」

文吾擠出聲音吶喊。

「妳現在要從這裡逃走是吧？」

七子看似愉快地說明。

「那麼，我會踹倒這台油炸機。高溫油流出來後，我打算用火柴點燃。已經沸騰並散發著油煙的油，馬上會冒出巨大火焰。妳知道角落放的是什麼嗎？」

晴子看向放在角落的兩個馬口鐵罐。

「那是酒精喔，非常易燃呢。但因為這場混帳雨的關係，可能沒辦法把一切都燃燒殆盡，這樣會留下證據，也不知道能否詐領到保險金。不過妳應該不在乎這種事吧，我也覺得怎樣都無所謂了。但是，就算是那種微弱的火焰，妳也能想像令尊會有什麼下場吧？我其實是想製造出連骨頭都會化成灰的高溫，但感覺沒那種閒功夫了，遺體可能會在半熟的狀態下殘留下來吧。無論如何，只要妳從這裡出去，到時令尊就會變成火焰的飼料。我最喜歡的令尊會成為我最喜歡的火焰的祭品。」

「妳真是個長舌婦啊～～～！」

晴子掄起金屬棒，朝七子撲過去。

彷彿在呼應晴子的吶喊，閃電透過厚重的窗簾照亮店內。

與此同時，伴隨著地鳴響起轟隆聲響。

似乎在相當近的地方打雷了。

聲音大到連吶喊奔跑的晴子也瞬間分神。

七子沒有放過這個空檔，主動撲進晴子懷裡。晴子拿的是長長的鐵棒，倘若被對方逼近到手臂附近，便無計可施。

七子彷彿擒抱般從肩膀衝撞上去，將手繞到晴子腰上。

她手上有像玩具般的電鼠，晴子沒料到那會構成怎樣的威脅。

電鼠前端抵住晴子的心窩，發出了跟雷鳴相比之下要微弱許多的電擊聲。

彷彿有萬根針貫穿肉體，撕裂神經並竄到腳尖，這是晴子人生中一次也沒體驗過的劇痛。

她不禁鬆手，金屬棒隨之落地。

彷彿核心被拔除般失去力量，就連憤怒也蒸發，晴子恍惚地失去意識。

七子將倒過來的晴子推到一旁，離開她身邊。晴子失去支撐，整個人面朝下倒地，臉撞上地板發出低沉的聲響。

「晴子！」

文吾大叫，但沒有回應。

「不要緊的，她沒死。」

七子咧嘴笑著說。

這時，從外面傳來了儘管被雨聲蓋住，但仍能斷斷續續聽見的聲音。

「姬川先生……在嗎？」

是秋兔。

七子啐了一聲。

他大概是推開外面的隔音布進來了，接著傳來敲門聲，然後聽見雨聲變得更劇烈，

之後又恢復原狀。他大概是推開玄關的玻璃門，走進店裡。

「晴子小姐？姬川先生，你在那裡嗎？」

聲音逐漸靠近。

「快聯絡警察跟消防局！」

文吾拚命擠出聲音這麼說。雖然他竭盡全力想大喊出聲，但發出來的只是難以聽清楚的呻吟。

「咦？姬川先生，什麼？你怎麼了？」

廚房的門打開，秋兔走進來，緊接著萩兔也進來了。

他首先看見倒在地板上的晴子，然後對面有被綁在折疊椅上的文吾，旁邊還站著七子。

這一切都出乎意料，讓秋兔暫時動彈不得。

『快看看晴子的狀況。』

秋兔點頭，飛奔到晴子身旁，幫她翻身轉成面朝上。

晴子的嘴脣流血，大概是門牙撞傷的。

「晴子小姐，振作點。」

晴子癱軟無力地躺著，不過確實有在呼吸。她只是昏過去而已。

「萩兔小弟，快點聯絡警察和消防局，現在就去！」

文吾緩緩重複這句話。

「你們是果蠅嗎？嗡嗡嗡地聚集過來，煩死人了。天啊，真是夠了，給我差不多一點。為什麼事情沒辦法照我想的順利進行呢？神為什麼要把這群垃圾聚集到這裡來？天啊，麻煩死了！」

七子突然踹倒油炸機。

沸騰的油在地板上擴散，油煙裊裊升起。

『七子打算在油上點火，快跟她說就算她這麼做也沒用。』

萩兔吠叫。

「就算妳點火也是沒用的。」

拿出煤油打火機的七子看向秋兔，一臉「笨蛋又插嘴」的表情。

『這裡設有灑水器，就算點火也會立刻被撲滅，而且消防局會接到通知。』

秋兔將原話轉達七子，但七子只是不屑地哼笑。

「笨蛋似乎也會照笨蛋的方式動腦思考，但我怎麼可能不知道灑水器的事。這間店的平面圖我可是看過好幾次了。你知道熱油引發的火災如果灑水的話，會變怎樣嗎？」

秋兔搖了搖頭。

「受熱而猛然膨脹的水，會將火焰揮灑到周圍。我可愛的火焰會成長得更加茁壯喔。為此我才特地在這裡設計了開放式灑水器。」

七子點燃煤油打火機。

「變成蒸氣的油，很快會燃燒起來。」

萩兔沒聽她說到最後就衝了上去。

他跳過人類搆不到的距離，咬住七子的手腕。

他原本打算咬住打火機，但七子的手稍微移開了。

打火機彈飛出去，落在冒煙的油上。

與空氣混合的油煙，伴隨著爆炸聲轉變成巨大的紅色火焰。

燒焦天花板的火焰的光與熱，一口氣膨脹起來，瞬間遮蓋住視線。

這時萩兔以扭斷七子手腕的氣勢扭轉自己的身體著地。

七子伴隨著類似咆哮的怒吼，將電鼠抵在萩兔的喉嚨上。電鼠發出炸裂的聲響，蒼白色電弧刺向喉嚨。

認真想咬斷七子手腕的萩兔，力量從下巴彷彿融化般流出去。

萩兔邋遢地伸長舌頭，倒落在地板上。他倒在燃燒的油正上方，散發出毛燒焦的討厭臭味。

從萩兔飛撲上去到落地為止，僅只是一瞬間發生的事。

秋兔焦急地飛奔到萩兔身旁，連忙把萩兔從火焰裡拖出來，將外套蓋在萩兔還在燃燒的身體上。

就在這時候，灑水器發出「砰」的聲響啟動。

七子正在房間角落打開裝有酒精的馬口鐵罐的蓋子。

灑水器噴灑出來的是霧狀的水，那並非七子訂購的開放式灑水器，而是水噴霧這種專門對付油類火災的滅火設備。

七子仰望著天花板。水霧落下，將整個房間弄得煙霧瀰漫。

「……怎麼可能……」

她像在低語般嘟噥。

「可惡！」

七子咒罵一聲，揮灑酒精。

但為時已晚。

霧狀的水降低溫度，細微的水粒子抑制油煙，防止氣化。

眼看著火焰逐漸變小，然後熄滅了。

「這實在太荒謬了！」

七子說著，同時將酒精從文吾頭上嘩啦嘩啦地澆下。

『快阻止那傢伙。』

依然躺在地上的萩兔發出低吼。

這時秋兔早已飛奔到七子身旁。

七子揮動馬口鐵罐。

秋兔無法徹底閃開。

裝有十五公斤酒精的馬口鐵罐擊中秋兔的太陽穴，發出聲響。

秋兔被橫掃在地，雖然只有一瞬間，但失去了意識。

七子趁這時撿起掉落在地上的煤油打火機。

「去死吧，這群垃圾。」

她試圖點火，但就算是煤油打火機，在冰冷的水霧中連火花都引發不了。

秋兔爬起身，得知七子打算做什麼後，下一瞬間，他發出低吼撲向七子。

他比七子高一個頭，無論身高或體重都有顯著差距，但現在秋兔無法思考這樣的體格差異。

他盡全力衝撞上去。

不堪一擊。

七子被撞飛，轉兩圈之後撞上牆壁，手上的電鼠飛了出去。

秋兔一個動作就飛撲到躺平的七子身上。

他用雙手按住七子的肩膀。

然後——不曉得接下來該怎麼做才好。

因疼痛而冒出的怒火，還有對七子傷害了晴子、文吾以及萩兔的憤怒，在看到躺平在眼前露出害怕眼神的七子時，頓時煙消雲散。

暴力般的衝動消失後，必須自己思考接下來的行動。不可以傷害人，可是照這樣下去，她會傷害自己所愛的人。

怎麼辦？

秋兔看向萩兔，尋求解答。

『揍她！』

萩兔吠叫。

「不行啦，畢竟對方是女孩子——」

這時，七子用右手摸索著武器。她宛如卡氏地蛛般在地板上摸索的手指，摸到了電鼠。

看到秋兔一臉困惑的樣子，七子笑了。

『危險！』

在萩兔發出警告時，電鼠抵住秋兔的側腹，冒出火花。

即使衣服厚達五公分，高脈波仍伴隨著劇痛流竄過全身。

有種「碰」一聲炸開的感覺，身體浮向半空中。不，不是身體浮起來，出竅的是只能稱為靈魂的東西。變成靈魂的秋兔從天花板附近看向萩兔的身體，可以看到一個人影像是要蓋住狗的身體。

——萩兔！

這麼大叫的同時，秋兔的靈魂又回到萩兔的肉體。

七子踹著那具身體，踢著毫無防備的腹部、頭部還有背後，踢了無數次，彷彿跳舞般踢個不停。

雖然會痛，但剛才看到的光景更強烈地殘留在腦海中。萩兔的靈魂試圖脫離身體，也就是說，那表示他想一死了之嗎？

「我想到一個好主意了。」七子說

或許厭倦了踢一個不抵抗的對象，她翻動沒有任何動作的秋兔，讓他換個方向，轉動秋兔的頭讓他能看見萩兔。秋兔微微睜開眼，只見萩兔吐出舌頭，似乎很痛苦地喘著氣。他還活著——知道這件事後，秋兔暫且放心不少。

七子蹲在秋兔身旁，拿出她藏在背後的東西。

「鏘鏘～」

是小刀。

「好啦，要用這個做什麼呢？把你切成碎片？這也不錯，但我想到更好的主意囉。牠——」

七子用刀刃比著萩兔。

「是你很重要的摯友對吧？」

「對啊。」

七子不屑地嘲笑秋兔的回答。

「我說啊，你最近真的讓我感到很火大。搞什麼？那種天真無邪的演出。你自以為很可愛嗎？你是個純真少年嗎？純、真、少、年。」

秋兔一臉疑惑地看著七子。

「就是這個，這種表情，這種『我的靈魂潔白無瑕』的表情是怎樣？別開玩笑了。你以前明明是個那麼討人厭的人。你原本是個萬一遭遇不幸，全世界都會舉杯慶祝的人。不管怎樣都是個垃圾的話，之前那樣還比較好。我說啊，我來告訴你等一下我要做什麼吧。一開始是這隻狗，接著是那邊的小姑娘，最後是我深愛的大叔。看完大家痛苦

掙扎的模樣後，就輪到你了。好啦，你明白我說的話了嗎？你一定覺得要是趁剛才自己占上風時，先殺掉我就好了吧？不過，已經太晚囉，這就是天真的代價。」

七子站到躺平的萩兔身旁。

『快住手。』

萩兔光是低吼，似乎就竭盡全力。

七子踹起萩兔柔軟的腹部，萩兔已經連聲音都發不出來。

「別對主人出手！」

「主人？這傢伙？你是在玩什麼遊戲？算了，那種事根本不重要。好啦，假如我用這個朝狗的喉嚨刺一刀，你覺得牠會有什麼下場？」

七子亮著小刀給秋兔看。

秋兔試著讓身體動起來，但肌肉彷彿濕毛巾般軟趴趴地動不了。儘管如此，至少還能發出聲音，這是秋兔並沒有像文吾那樣委靡不振的證據，但是，這時七子並未察覺到這點。

「為什麼要做這種事？這麼做也沒有意義啊。」

「意義？需要意義嗎？因為看到青蛙，就拿石頭扔牠；因為看到螞蟻在地上爬，就踩扁牠們。這需要意義嗎？」

「妳不覺得牠們很可憐嗎？」

七子咯咯笑了。

「可憐的是我啊。總是被人妨礙，凡事都不順遂、受詛咒的人生。明明只有火焰愛我，但這個彷彿水溝般的城市也不允許這點。」

七子朝地板吐口水。

「那種事情，無論在哪裡都不會被允許的。」

一開始是右手食指，秋兔發現只要灌注力量，就能緩緩移動。接著是中指動了。之後要讓手動起來，只花了一丁點時間。當他回過神時，雙手已經恢復力氣，沒多久後雙腳也是。

「算我求你，請放過萩兔，萩兔他什麼也沒做不是嗎？」

「那我就按照你選擇的順序動手好了。這隻狗、小姑娘和大叔，要從誰的身體開始折磨才好呢？」

「折磨我就行了吧。」

「所以說那是最後的樂趣啊，你真是個不聽別人講話的蠢貨。」

力量逐漸在全身復甦。下次不能失敗，必須做出正確的選擇。秋兔拚命思考著接下來該怎麼做才好。

電鼠對野獸沒什麼效果。雖然可以擊退野獸，也能給予疼痛，但發揮不了讓氣力衰退的效果，大概跟大腦的構造有關吧，但秋兔不是很清楚原因。就現在的情況來看，原本是狗的秋兔的「心」忍耐住了衝擊——應該這麼認為嗎？證據就是擁有狗身的萩兔，恢復速度慢上許多，這說不定是因為他的「心」是人類的關係。

無論如何，秋兔的身體已能自由行動，但七子認為他暫時還不會恢復。

「那麼——」

七子說著在萩兔身旁蹲下來。為了讓秋兔能仔細看清楚，她移動萩兔的身體，並支撐著萩兔的頭。

她背對秋兔，試圖用小刀切割萩兔的耳朵，沒有注意到這時秋兔已經站起來。

「請妳住手。」

秋兔這麼說的同時，從後面拉住七子的手臂。

「求求妳，請妳不要再做這種事。」

小刀從七子手上掉落。

「對不起……你以為我會這麼說嗎？」

七子試圖用左手拿的電鼠攻擊秋兔的手臂。

秋兔鬆手拉開距離。

「你要逃走嗎？你逃走的話，我就這麼做。」

她將電極抵在躺平的萩兔腹部上。

萩兔像在跳動似地劇烈抽搐。

然後一動也不動，連叫也不叫一聲。

「求求妳，請妳別再這樣子了。」

「都這種時候了，你還以為能靠溝通解決事情啊？」

秋兔點點頭。或許這又是做了錯誤的選擇，儘管如此，秋兔還是只能這麼做。

「我才不會停手，笨蛋。」

七子再次電擊。

萩兔依然垂著舌頭，跳動了起來。

「主人！」

秋兔大叫著飛奔過去，他推開七子，蓋住萩兔身體，萩兔被秋兔的身體整個覆蓋住。

「真噁心耶。為了狗自我犧牲？你腦袋有毛病吧。」

七子將電極抵在秋兔背上，故意間隔一會兒才按下放電鈕。

秋兔牢牢地緊抱住萩兔。

電擊同時攻擊萩兔與秋兔。

秋兔與萩兔的靈魂從肉體被彈飛出去，他們都看見了彼此的靈魂。

秋兔抓住萩兔試圖上升的靈魂。

——不行！

——已經夠了，這就是我的命運。

萩兔試圖甩開秋兔的手。

——不行，我不會允許這種事發生。

秋兔大叫，從腳踝爬到膝蓋、大腿，緊抓著萩兔不放。

——這是我的生死，由我自己決定。

——那樣絕對不行啦～～～！

兩人的靈魂交纏，朝著天空往上升。

兩人的身體彷彿靈魂出竅般癱軟無力，七子試圖拆散他們，但兩人像是縫合起來似地緊緊相繫。試了一陣子後，七子似乎是放棄了。她低喃著「我受夠了」，仰望天空。

不知不覺間，灑水器已經停止，七子咧嘴竊笑說：

「總有辦法的，還有辦法喔。」

她低喃著環顧周圍。

「有了。」

她這麼說道，小小地擺出握拳叫好的姿勢，撿起那樣東西。

是煤油打火機。

她撿起打火機，試圖點火。

火焰點燃，七子用憐愛的表情注視著緩緩搖晃的橘色火焰。

然後拿起裝滿酒精的馬口鐵罐。

「這樣就結束了。」

她回到秋兔所在的地方，打開蓋子，在秋兔背後淋上滿滿的酒精。

「現在氣溫很低，再等它揮發一下好了。」

她接著來到文吾面前。

文吾氣喘吁吁，用低語般的聲音開口說道：

「已經夠了吧。灑水器啟動後，消防局那邊應該響起了警報。消防車很快就會到囉，要逃的話——」

七子不等文吾說完，又從他頭上嘩啦嘩啦地澆下酒精。

「你可別說『要殺先殺我』喔，我已經受夠自我犧牲的蠢蛋。無論是大叔、小姑娘、那個笨蛋還是狗，我都會燒掉。大家一起平等地燒成灰吧。」

「等等，妳別衝動。」

呼喚的聲音十分虛弱。

七子接著拿罐子移動到晴子身旁後，便聽不見文吾的呼喚了。

晴子似乎已醒過來。她微微睜開雙眼，但視線沒有聚焦，似乎什麼也沒在看。她看來仍是完全動彈不得的樣子。

七子也在晴子身體淋上酒精。

「好啦。」

七子轉圈環顧周圍，指著趴在地上的秋兔。

「果然還是先從你們開始吧。」

七子走近兩人身旁。

「永別了，偽善者。」

她打開煤油打火機的蓋子，發出極具特色的金屬聲響。

她掉以輕心了，以為秋兔和萩兔都快死了。

但秋兔在站起身的同時，一把抓住七子。他抓住七子的肩膀並伸腳絆倒她，利用體格差距將七子推倒在背後。

他跨坐在四腳朝天的七子胸口，從她手上搶走打火機。

「那麼，你之後要怎麼做呢？」

看到七子從容不迫地露出微笑，青年咧嘴笑了。

「像妳這種人渣，就該處理掉扔進垃圾桶裡。」

青年用拳頭毆打七子的臉，沒有一絲猶豫。

七子驚愕不已，青年抓住七子的領口，用力往上提。

「真遺憾啊，我是不會把妳這種女人當女人看的。」

青年勒住七子的脖子，更加使勁往上提。七子的雙腳離開了地板。

「……你——」

「沒錯，託妳的福，我恢復原狀了。話說在前頭，這個萩兔是不會跟妳溝通的。」

萩兔將七子按在牆壁上。

他握住拳頭，揮落手臂。

「到此為止。」

從背後傳來聲音，是個熟悉的聲音。轉頭一看，只見白雪站在那裡。

「那是一份骯髒的工作，不是你該做的事，是我的工作喔。好啦，離她遠一點。」

萩兔鬆手後，七子癱軟無力地坐倒在地，右眼瘀青且腫起來。儘管如此，她還是露出冷笑說道：

「白雪老師，你來見我了呢。」

「警察和消防員很快就會趕過來吧。妳已經無路可逃了，葉青。」

「在這裡設下機關的是老師對吧？」

七子指了指天花板。

「花了不少錢喔，畢竟是自掏腰包把灑水器全部換成水噴霧式。」

「之後請把那筆錢的請款單寄給我吧，我來支付。」

「錢就不用了，當作是慶祝妳退休吧。我可是特地監聽消防局的無線電，趕在消防車抵達前來到這裡，看在我這份努力上，妳就乖乖被捕吧。」

「笨～蛋。」

七子試圖撲向掉落的打火機，但白雪一腳踩住她伸出去的手。

這時，消防車伴隨著警笛聲抵達，消防隊員衝了進來。

「她就是縱火犯。」

白雪抓著七子的手讓她站起來。巡邏車似乎也抵達了，白雪指示警察，看到七子戴上手銬後，帶領急救人員趕往店裡，文吾與晴子被搬到擔架上。

漫長的一天總算要結束。

就在這時傳來了怒吼聲。

「怎麼會這樣啊，混帳！」

發出怒吼的是萩兔，他用雙手抱起秋兔。

「你在想什麼，這隻臭狗！」

說完，他呼喚附近的急救人員。

「快帶這傢伙去看獸醫！」

急救人員露出困惑的表情，但還是瞄了一眼萩兔抱著的狗。狗從側腹到脖子的毛都被燒光，露出紅腫潰爛的皮膚。

「很遺憾，牠已經沒救了吧。要把牠跟你一起送去醫院也行，但無論如何，還是得以救人為優先。」

「夠了！」

在萩兔這麼說並推開急救人員時，聽見了甚至撼動地面的雷鳴。

「雷！」

萩兔大叫，表情像是想到什麼特別精彩的主意，然後，他抱著狗飛奔到下著傾盆大雨的道路上。

「就是現在！」

青年仰望不斷落下的大顆雨滴吶喊。

「快點打雷啊！讓我們再次靈魂互換！」

萩兔甩開勸他搭上救護車的急救人員的手，不斷吶喊。

雷鳴頻頻撼動城鎮，每次打雷，白光都會讓城鎮的剪影宛如皮影戲般漆黑浮現。但是，落雷並沒有打到他們身上。

萩兔仰望著天空吶喊：

「我過去不是個虔誠的人，但從現在起會信奉。無論是神是佛是鬼，什麼都行。總之我會信奉、會崇拜、會奉獻，所以請再次把雷打在我們身上吧。」

簡直像在嘲笑萩兔一般，雷鳴平息了。

萩兔當場跪倒在地，緊緊抱住秋兔。

「……哪有這種蠢事，這傢伙是我唯一的摯友啊。我好不容易才有了摯友……可惡！」

萩兔用拳頭敲打路面，邊敲打邊低喃：

「這世上根本沒有神，這種事情我很清楚。我才不會拜託什麼神，我要用自己的力量……等等，簡單來說，關鍵就是高壓電流……啊，就是那個！」

萩兔說著，抱起秋兔再次進入店裡。他很快找到他要找的東西，就是電鼠。

「別隨便亂碰現場！」

消防隊員跑過來想制止萩兔。

萩兔緊抱住秋兔，將電極按在自己的手臂上並放電。

意識瞬間消失。

萩兔與秋兔連哀號都沒有發出，當場倒落在地。

有兩個靈魂又從他們的身體出竅。

秋兔正要升天，萩兔抓住牠的腳。

「抓到你了。」

「這樣不行。主人，請回到你自己的身體。」

「我會那麼做，然後你也要回到你自己的身體。」

「咦？」

「不要緊，你不會死的。那副身體看起來像死了一樣，是因為我的靈魂還在裡頭。如果你這種生命力強韌的柴犬靈魂回到那副身體，肯定會活過來。相信我，相信我說的話，回到那副身體裡吧。」

靈魂猛然被拉往下方。

秋兔相信了萩兔所說的話。

兩人的靈魂交纏，並逐漸掉落。

然後，萩兔在放眼望去都是白色細沙的大地上走著。

——是夢。

萩兔低喃。

這是一場夢。

走在他身旁的柴犬是秋兔。

萩兔踩著細沙，發出啾啾聲響，漫步前進。

秋兔湊近萩兔腳邊，跟著前進。牠看來很開心地搖著尾巴。

好快樂，好快樂，快樂得不得了——尾巴這麼說著。

「經歷這次事件後，你明白了吧？這世上也有人就像惡意的集合體。」

萩兔說。

「這世界上存在一種天生的邪惡，危害世人就跟呼吸一樣自然——白雪先生也這麼說過，他說跟那種人溝通是沒用的。」

夢裡的秋兔很普通地說著人話。

「對於置之不理就只會散播危害的人，只有毀掉他的腦袋才能阻止他。白雪說得沒錯，溝通根本沒用。」

「但我覺得溝通絕對不是徒勞無功喔。」

「明明你跟我都被那傢伙害得這麼慘，你還是這麼認為嗎？」

「是的。」

秋兔面帶笑容回答。

「我們狗被咬的話也會咬回去，但不會殺死對方，因為那是在回應被咬這件事。這就是我們的——狗的對話。人類可以說話，所以會用說話來代替咬人。不是用牙齒，而是動舌頭。這就是人類的做法，我喜歡人類的做法。」

萩兔不屑地哼笑一聲。

「主人、主人。」

秋兔小跑步地稍微來到萩兔前面，開口說道：

「我是個乖孩子嗎？」

「才不是。」

萩兔回答。

「你不聽我的話，想要擅自先走一步，這種傢伙才不是乖孩子。」

秋兔停下腳步。

剛才看起來那麼愉快地搖動的尾巴，無力地垂下來。

「對不起。」

秋兔沮喪地說。

「笨蛋，騙你的啦。」

「是騙我的嗎！」

秋兔當真感到驚訝。

「這場夢很快會醒來，這說不定是我們最後的交談機會，所以我先說清楚，你真的是個乖孩子，是我唯一的朋友，很重要的摯友。所以……別死啊。」

別死啊……萩兔低喃著，醒了過來。

映入眼簾的是熟悉的醫院天花板。

萩兔摸索著記憶。之前，為了確認自己還沒有清醒的身體，萩兔造訪過這間醫院好幾次，所以記得很清楚，甚至對天花板和牆壁上的汙漬有印象。現在大概跟那時候是同一間病房。

萩兔想爬起身，但失敗了。

全身嘎吱作響，彷彿已沉睡好幾年。

「萩兔，你醒啦？」

走進病房的是晴子。

「你一直說別死啊、別死啊，是對誰說的呢？」

萩兔沒有回答。

「怎樣都無所謂啦，但真是太好了，我還以為你又會睡上一陣子。」

「那之後——」

萩兔首次發出聲音。不是萩兔所想的那種聲音，感覺有些不太對勁。仔細一想，從那場事件以來，萩兔一直沒有說過人話。

「在那之後過了多久？」

「一天，你只有睡了整整一天。附帶一提，我爸爸在隔壁病房。畢竟他一把年紀了，為求慎重才住院一晚，雖然全身上下好像都沒什麼事。我則是回家休息囉，因為傷口本身並不嚴重。下場最慘的是你。」

「秋兔怎麼了？」

萩兔戰戰兢兢地詢問。

「小秋牠……小秋牠……」

晴子抽抽噎噎地哭泣，但很顯然是假哭。

「牠沒事啊。」

「你怎麼知道？」

「我不懂妳怎麼會覺得我不知道。」

「太好了。」晴子沒在聽萩兔說話。「萩兔你沒事真是太好了。」

然後，她忽然察覺到一件事，重新望向萩兔的臉。

「你剛才說什麼？」

「我不懂妳怎麼會覺得我不知道。」

「那種感覺很麻煩的雙重否定說話方式……」

晴子低喃。

「我沒辦法指出哪裡有問題，但這種明顯瞧不起人的態度……」

「瞧不起像妳這樣的人，是理所當然的吧。」

萩兔這麼說，於是晴子驚訝地張大嘴巴，注視著萩兔說道：

「叔……叔……叔……叔叔～」

晴子大叫著跑出病房，有個影子從打開的門接著跑進來。

「秋兔！」

或許因為太久沒大聲喊叫，萩兔咳了起來。秋兔一臉擔心地注視咳嗽的萩兔。

「你沒事嗎？你沒事啊。」

秋兔身上纏著一圈一圈的繃帶。萩兔下了病床，雖然身體四處發疼，但他毫不在

意。他在秋兔身旁蹲下來，抱著牠的脖子撫摸牠的頭。

「我很擔心你喔。」

秋兔發出嗷嗚的叫聲。

「啊，對喔。因為已經復原了，你沒辦法說話。」

「狗本來就不會說話吧？」

萩兔的父親壽久走進病房，看似不安地這麼說。

「晴子，他果然還是跟之前沒兩樣吧？」

「長久以來給你們添麻煩了，謝謝你們的照顧。」

萩兔這麼說，並微微低頭道謝。

壽久驚訝地瞪大眼睛。

「萩兔開口道謝了……」

壽久這麼說，表情彷彿看見幽靈一般。

「看來也不是復原了呢。」

晴子這麼說道。

萩兔站起身，坐到病床上開口說：

「已經復原了。我從以前就是個注重禮節的人吧，即使對方是比我差勁的人類。」

「萩兔！」

壽久與晴子同時這麼說，兩人一起緊抱住萩兔。

「不會錯的，你就是萩兔。」

他們究竟把我當成怎樣的人啦——萩兔內心這麼想，但表情看來也挺開心的，並沒有要推開兩人的意思，而且他一手撫摸著將臉蹭向自己腳邊的秋兔的頭。

「……這樣也不壞啊……」

萩兔小聲低喃，以免被任何人聽見。

狗的可愛跟幼童的可愛很相似，且帶點傷感。那種夢幻可憐的感覺，我認為是來自某種危險和愚昧。狗跟小孩都會全面信任自己的「主人／父母」，因此會仰賴他們，並付出不會討價還價的愛情。

被那種一心一意、徹底信賴的眼神注視，能夠抵抗的人應該很少吧？所謂的純真，似乎會發揮幾乎像是特殊能力的「可愛」之力。

我思考著能否創作一個擁有這種可愛力量的主角。為了活用這種超脫世俗的主角，我煩惱著應該在怎樣的世界讓他動起來。可能的話，我想以現實的城市為舞台。我想要一個儘管是現實，但存在著這種純真的主角也不會不對勁，具備幻想性質的城市。我思考著有這種城市嗎？如果有就好了呢，然後想到的答案就是金澤。但要以金澤為故事舞台，是相當冒險的挑戰。以金澤為舞台的小說非常多，泉鏡花和室生犀星不用說，吉田健一還有一部小說就叫做《金澤》。我並不是想要媲美那些文藝作品。倒不如說，就算我那麼想也辦不到。

金澤是很難對付的。

假如以輕率的心情提及金澤的料理和酒十分美味或是景觀優美，那麼，漫長的當地歷史與歷史培育出來的文化、風土就會跟著逐漸冒出來。簡直像一拉扯線頭，複雜的織物就化為長長的絲線，滑溜溜地鬆開來一般。

我一開始抓到的線頭，是傍晚在金澤街上散步時感受到的一點印象。天色一暗就會被母親說快去睡覺、無法想像在夜晚外出的小時候，因為某個契機，家人曾經在夜晚帶我出門。當時，那種彷彿異世界的夜晚街道氣息，我原封不動地在金澤的夜晚感受到了。陰暗的小巷與小巷，分成三條、五條又連接在一起，彷彿迷宮般迂回曲折的街道構造。還有摻雜在夜晚氣息中，從冰冷潮濕的河川吹來的風。無論哪一樣，都會讓我想起那一晚的感觸，也類似清醒時所作的夢。我以那種感觸為線索，設法寫出擁有純真靈魂的主角在金澤的城鎮冒險的故事，希望各位也能與堅強的小狗狗一起享受這趟冒險。

牧野修

國家圖書館出版品預行編目資料

書店柴柴的異色推理：主人與柴犬靈魂互換事件簿 / 牧野修作；一杞譯. -- 初版. -- 臺北市：臺灣角川, 2018.02
面； 公分. --（角川輕.文學）

譯自：犬は書店で謎を解く：ご主人様はワンコなのです
ISBN 978-957-564-029-3(平裝)

861.57　　106023591

輕文學 Light Literature

書店柴柴的異色推理 主人與柴犬靈魂互換事件簿

原著名＊犬は書店で謎を解く ご主人様はワンコなのです

作　　者＊牧野修
插　　畫＊ふじの
譯　　者＊一杞

2018年2月6日 初版第1刷發行
2020年1月20日 初版第2刷發行

發 行 人＊岩崎剛人
總 經 理＊楊淑媄
資深總監＊許嘉鴻
總 編 輯＊呂慧君
副 主 編＊溫佩蓉
美術設計＊吳佳昀
印　　務＊李明修（主任）、張加恩（主任）、張凱棋

台灣角川

發 行 所＊台灣角川股份有限公司
地　　址＊105台北市光復北路11巷44號5樓
電　　話＊（02）2747-2433
傳　　真＊（02）2747-2558
網　　址＊http://www.kadokawa.com.tw
劃撥帳戶＊台灣角川股份有限公司
劃撥帳號＊19487412
法律顧問＊有澤法律事務所
製　　版＊尚騰印刷事業有限公司
I S B N＊978-957-564-029-3

書店柴柴的異色推理

主人與柴犬靈魂互換事件簿

牧野修